五月槐花落

楚德国 著

江苏凤凰文艺出版社

图书在版编目（CIP）数据

五月槐花落 / 楚德国著. -- 南京：江苏凤凰文艺出版社, 2025.2. -- ISBN 978-7-5594-8726-1

Ⅰ. I267

中国国家版本馆CIP数据核字第2024H1A552号

五月槐花落

楚德国 著

责任编辑	李珊珊
责任印制	杨 丹
出版发行	江苏凤凰文艺出版社
	南京市中央路165号，邮编：210009
网 址	http://www.jswenyi.com
印 刷	江苏扬中印刷有限公司
开 本	787毫米×1092毫米 1/32
印 张	6.375
字 数	160千字
版 次	2025年2月第1版
印 次	2025年2月第1次印刷
书 号	ISBN 978-7-5594-8726-1
定 价	58.00元

江苏凤凰文艺版图书凡印刷、装订错误，可向出版社调换，联系电话 025-83280257

目 录

第一辑　四季风景

辞别信 / 3

窗影 / 4

听说春天来了 / 5

远方的目的地 / 6

一块地 / 8

秋的肇始 / 10

大石上的秋天 / 11

寂静的山谷 / 13

春天到来的时候 / 15

绿地 / 16

早晨 / 18

叶落 / 19

落日余晖 / 20

第二辑　自然万物

寒冬里的法桐叶 / 25

树影 / 26

赏雪 / 27

最后一场雪 / 29

一丈红 / 31

黄叶 / 33

一抹斜阳 / 34

冬青 / 36

消失的树林 / 38

法桐叶 / 40

第一场雪 / 41

途中夜雪 / 43

那一片紫 / 45

榆钱树 / 47

一只蝴蝶 / 48

傍晚的雨 / 49

四季海棠 / 50

听雨 / 51

蛐蛐声 / 53

落日 / 55

冰晶 / 56

一代叶 / 58

落叶 / 59

第三辑　平凡的人

父亲母亲 / 63

平凡的人 / 65

加塞 / 67

另一个自己 / 69

卖渔网的男孩 / 71

出租车师傅 / 73

一次交通事故 / 75

挥手的保安 / 80

五月槐花落 / 82

从医之路 / 84

离去的背影 / 87

独处 / 89

第四辑　生活趣事

袜子 / 93

潮款发型 / 95

网购 / 97

水煮肉 / 99

记诗本 / 101

有鲠在喉 / 103

腰带 / 107

冰上童年 / 110

故乡的呼唤 / 112

第三百六十五天 / 114

油泼鱼 / 116

雨衣 / 118

地铁偶记 / 120

挖鱼 / 122

风雨过后 / 124

海滩之夜 / 125

找座位 / 127

多走一段路 / 129

钓蟹 / 131

苏州之行 / 134

消逝的校园 / 136

千斤顶 / 138

第五辑　人生哲思

经验之谈 / 143

合作 / 145

世界的复杂性 / 147

夜（一）/ 149

夜（二）/ 150

时空密接者 / 152

人际关系的中间地带 / 154

讲清楚一件事情 / 156

无用与有用 / 158

长大 / 159

回忆童年 / 161

了解自己 / 163

今天 / 165

寄语青春 / 167

浅思维 / 169

中年 / 171

曾经熟悉的人 / 173

湮灭的星星 / 175

别自己 / 177

不一样 / 179

疼痛传递的过程 / 181

相遇与告别 / 183

过往 / 184

且慢 / 185

人生坐标 / 187

例外的错觉 / 189

掰玉米摘麦穗 / 191

巧合背后的必然 / 193

第一辑 四季风景

辞别信

得果君：

你好！

看到这封信时，会有些惊讶吧！想必你现在正在猜测我是谁。

我和你都在同一个城市，虽然我们并未谋面却曾相遇过。

那时，我还青涩，只知道山花烂漫，到处疯野。你曾经来到过我的身边，我们却擦肩而过。

后来，我渐渐成熟，你日益繁忙，似乎对我视而不见。

日子在匆匆中流走了，你却一点点走进了我的世界。

我期待着，一定要在我最美的时候，和你相遇，相识。

最初，我折一片枫叶，让风把它送到你面前，你驻足观看，不过很快又去忙碌了，虽然满是留恋。

后来，我又打发黄栌和宝槭把山野染红，多么希望你前来一起游览，你却一拖再拖，最终错过了红颜。

而今，我真的走了，离开了这个生我养我的地方，也是你所在的城市。

那一天，风和雨来为我送行，听他们说，你久久地，久久地伫立在遍地的枯叶中。

现在，你应该知道我是谁了吧？

2021 年 11 月 6 日

窗影

我每年和春天的首次相遇大致相似,要么是一朵花,要么是一株柳,要么是一只飞燕。

和往年不同,今年是墙上的一个窗影。

傍晚时分,还在一家酒店中出任务的我正躺在床上天马行空,墙上的一幅窗影映入我的眼帘。

夕阳的光是温暖的黄色,把窗的影子投在了白色的墙上,让我惊喜的是在窗的投影中还有些影在晃动。

那晃动的是树枝的影子,有些模糊却能辨认出来,来来回回轻轻柔柔的,于是我看出了春风。

我所有的注意力都被吸引到了那面墙上,我知道那是春天的影子,今年的春天以另一种方式和我相遇了。

夕阳落得很快,我还来不及从惊喜中走出来,那温暖的光就变暗了许多,不一会儿,那晃动的影子就不见了。

很快,就连那窗的影子也消失了,可紧接着,无数个春天又飞进了脑海里。

当我从沉浸式的回忆中醒过来时,我意识到和今年窗外的那个春天算是失之交臂了。

尽管有些遗憾,可是转念一想,虽然我没能去探望春天,春天却来探望过我,她悄悄地到过我的身边,而且还没有走远。

2022 年 3 月 4 日

听说春天来了

听说,春天已经来了。

那一<u>丛丛</u>的迎春花,想必早已盛开。山桃花也应该在枝杈上悄悄露出了粉色的笑脸,就连那最惹人怜爱的樱花也已经婷婷绽放了吧!

如果没有猜错,成双成对的燕子们正爱意绵绵地在一起筑着爱巢;湛蓝色的天空中一队又一队的大雁从遥远的南方正排着队往北方赶来;花喜鹊也正踱着方步在青青的草地上悠闲地走来走去;沙洲上的睢鸠在风和日丽的日子里正打着瞌睡……

真的,好想念春天啊。

我努力地从记忆中搜寻着以往关于春天的种种,甚至在清晨的和风中透过窗户望着湿漉漉的地面想起了"随风潜入夜"的喜雨。

记得每个春天来的时候,我的内心总是无限憧憬,我总忍不住一步一步地走到树下仰望着枝头的春意,认真地打量着一朵朵初绽的花儿,当那微风轻轻拂过面颊,我感到畅意无边。

春天,能慢一点走吗!

当我知道春天已经来到而我已经错失了迎接的机会时,只能在心里默默地祈祷,祈祷她把脚步放慢些,再慢一些,好让我能追上她,哪怕只看一眼她那娴娜的背影也好。

想必和我有着同样心情的也大有人在吧,面对着如此美丽而且只懂得给予从不会索取的春天,谁又能无动于衷而不会怦然心动呢!刹那间,我感觉自己仿佛走进了婉约的宋词里。

2022 年 3 月 15 日

远方的目的地

在城里居住久了,总想出去走走,不过要说到目的地却颇费思量。人多的地方不想去,也不宜去,很多名胜古迹都去过了,再去的意义和动力不大。

一个偶然的机会,从媒体上了解到在郊区一处山沟里有一段残留的城垣,据说历史可以追溯到明代,于是前去探访的想法在心里生了出来。周末一大早我们便驱车直奔目的地。

车子驶出城区后便开上了蜿蜒曲折的山道,在通往目的地的途中,虽然路途有些遥远,但是沿途风景还不错,而且山里的温度要低于城里。一路上尽管有些疲惫,可一想到远方的那个带着历史感和乡野趣味的目的地,便觉得所有的劳顿付出都值得。

终于在中午之前顶着炎炎烈日抵达了目的地,停车的那一刻放眼四周,觉得这里并不像是一个景点,我们下意识地觉得是不是定错了方位。

等下了车向一位正在树荫下乘凉的老者打听过后,才确信脚下的这方土地确是计划中的目的地。

既来之则安之,于是我们停好了车带上果腹的水食,一边问路一边寻觅着风景所在。几经努力后终于明白景点虽在,却不似想象中那般美好,除了有一棵古树、一段旧的城垣和几间老的民居,其他的也就只有山峦和山风了。

毕竟夏日炎炎,在买了几支老冰棍消暑之后,一家人决定打道回府,于是又把饮食辎重搬回了车里,调转车头原路往回走。

折返的路上,一家人都有一种兴未尽意未满的遗憾,路两边的风景还是那些风景,心情却不似去时那般充满期待。

山路九曲十八弯,与山路相伴的是一条河,河水若隐若现,时宽时窄,时平缓时湍急。与沉默的山相比,灵动的水会让人更加亲近。

　　车子在驶过一段弯路后,旁侧闪现出了一座小桥,桥下是一片浅滩,上面有清浅的流水,岸边矗立着十几棵高高的杨树。

　　不妨下去看一看吧,尽管看上去就是一处野滩,无名无姓,没有高大华丽的建筑,也不见络绎不绝的游人,权当中途歇一歇脚。

　　把车就近停在一处空地上后,又把刚装上车不久的那些辎重饮食搬了下来,在滩边找了一块相对平坦的空地铺设开来。

　　起初,我望着那处浅滩并不想过去,只想躺在大杨树下好好休息一会儿,只有孩子在好奇心和好玩心的驱使下去了浅滩。

　　很快,喜欢玩水的孩子便和水打成了一片,玩着玩着干脆穿着鞋子下了水,衣服也大都被水浸透,后来随着在水中发现了小鱼和蝌蚪,浅滩上就变得更加热闹起来,后来我也加入了浅滩上玩乐的队伍。

　　河滩虽小,却样样具备,有深可及膝清澈见底的水流,有或大或小五彩斑斓的鹅卵石,有来无影去无踪飘忽不定的小鱼,还有忽地落下踱着方步在水中觅食的小鸟,远处还有一片浓茂的芦苇,更喜人的是由于地势的起伏还有一个落差足有一米的瀑布。

　　那天下午,我也脱去了鞋子走进了水里,在水里嬉闹时脑海里总是不时闪现出自己童年的影像,那影像里也有一潭泉水,溪水淙淙,水里有小鱼小虾,有时还能捉到横行的螃蟹。

　　那天回来后,我反复回味整个行程、最初设定好了一个远方的目标,等历经曲折辛苦跋涉终于抵达目的地后,才发现现实中的样子和当初想象中的模样相距甚远。正当兴致索然觉得这一趟行程已经乏味而失去目标之际,却无意中发现了一个不在当初规划中却让人兴致盎然的去处,于是便重拾了兴趣,拥有了新的目的地。

　　其实,人生又何尝不是如此?

2022 年 7 月 25 日

一块地

初秋的一天,因为工作的原因,我去了一趟城南。

一路上秋风送爽,气候格外宜人。

车子离市中心越来越远,高楼大厦逐渐向后退去,视野渐渐开阔了起来,大片大片的绿色随之涌到了面前。

天上除了湛蓝的空,就是雪白的云,再无他物。

在路过一条月季大道后,前面就是目的地了,就在这时候,透过车窗我向左方望了一眼,刚好,有一块地映入了我的眼帘。

一块地,是的,那是一块地,一块曾经再熟悉不过的地。

那块地足足有十几亩吧!上面空无一物,既平坦又细腻,一看就是一块上乘的肥沃的好地。

高楼大厦、葱郁的绿地,已经看过太多,几乎每时每刻都如影随形,时间久了,早已疲于应对。

很久没有看到过那样一块地了,一块空着的可以在上面种庄稼的地,我曾经就在那样的地上辛苦地劳作过,日出而作日落而息,正是那样的地养育我长大。

在那块地的四周是叫不上名的绿色植物,不过那不是我关心的,我只想好好看一看那块空着的引人无限遐想的地。

不知道为什么只有那一块地上面没有植物,也许是刚刚收获完,也许空着是为了等着接下来的播种,仿佛就在等着我的到来。

时间并不允许我在那逗留太久,很快我便恋恋不舍地离开了,离开了那块让我倍感亲切的地。离开的时候,有风从空中吹过,那风一定把我的气息送到了那块地里,正如同我闻到了那地飘过来的泥土的气息一样。

如果城南是一幅画,那上面有古树有绿地,那块地便是那幅画的留白,当人们都去关注那画上有形的一切时,我却唯独钟情于那片留白,那一块地。

2022 年 8 月 19 日

秋的肇始

一个秋季的肇始,有时是一场雨,有时是一片叶,有时却是一场风。

起风了,地面上飞沙走石,吹乱了路上行人的长发,吹皱了裙衫,吹得他们更加行色匆匆。

阳光会让人高大,雨丝会让人浪漫,风却会让人渺小,仿佛随时都会在风中消逝。

风拼命地摇动着每一棵树,似乎想要把每一片叶子都吹落,树挣扎反抗着,竭力用倔强挽回着尊严。

风越来越大,大有撼天动地之势,顺便把寒凉送到了每一个角落。

风把人们从户外赶回到了家中,逃离了风吹的人们会意识到家永远都是避风的港湾。

在港湾中听风的人明白,窗外的风无论多么烈,那都是在顽皮地邀宠,终归它还是一个信使,预示着一个大美秋季的肇始。

2022 年 9 月 22 日

大石上的秋天

深秋,郊外的一个公园里,游人不多,稀稀落落。

油漆的山路很平整,曲曲折折,在山腰处上下左右蜿蜒着,有种一直在期待着游人向前走的邀约感。

随着山势的变幻,不时有山风吹过,并不烈,却是秋天独有的那种凉。

油松依然是绿色的,显不出多少秋的痕迹;飘落的黄叶,还有那大片枯黄的狗尾草强烈地宣示着秋的主权。

路边有一大块裸露的巨石,亿万年的风化使得表面斑驳不平,远远望去散发着一种金黄色。

山风让我心动,枯草让我生情,那片巨石却让我情有独钟,不再去想远处的风景。

巨石就在路边,触手可及,没费多少力气就走了上去,刚踏上巨石的那一刻,我脑海里萦绕着唐僧曾经晒经的那块巨石。

在高远辽阔的无边山色中,那巨石似乎散发着一种神秘的魅力,以至于我一踏上去就想坐下,一坐下就想躺下。

我真的就在那巨石上躺下了,阳光把巨石晒得暖暖的,躺在上面顿时有了一种与巨石、大山和亿万年的岁月融为一体的感觉。

天空是纯净的蓝色,偶尔有山鸟从空中划过,留下一两声似有还无的鸣叫就不见了。山风吹动了榆树,枝叶来回晃动着,不时飘落下一片枯叶。石缝中有一丛黄花蒿,只有枝头的一粒粒种子还在彰显着顽强的生命力。

我在那块巨石上躺了好大一会儿,倘若不是赶路还想在上面多停留一会儿。

如果说那一天我走进了秋季,那么在大石上躺着的片刻,最让我觉得不虚此行,我拥有了秋天,秋天也拥有了我。

也许,每一个人都有一块"晒经石",只是要走很久很远的路才能找到它,在那块石上,人们找到了四季,也找到了自己。

2022 年 10 月 4 日

寂静的山谷

郊外有一片山谷。

原本只是从它身边路过,只是无意中望了它一眼,便被它散发出的宁静气息所吸引,不由自主地想走近它。

山谷里错落有致地分布着一些树,树上的叶子有的黄了有的红了,有的正飘落在从枝头到地面的途中。

地面上已经积了厚厚的一层树叶,最下面一层是已经干枯了的灰色,上面散落着一些刚刚飘落的或黄或红的树叶,一眼望去,仿佛能看到时光的痕迹。

人在山谷中,唯一想做的便是一动不动,静静地站立在原地,像那些树一样,成为那片风景中的一员。

山谷没有任何声响,偶尔有叶子告别枝头,在落地的刹那与地面上的叶子触碰发出轻微却清晰的声音,宛若天籁,直达心底。

虽然不想走动,生怕惊扰了山谷那份出奇的宁静,可当你想去靠近一棵树时,脚踏在落叶上发出的沙沙声,会让你猛然意识到自己正置身于天地之间,那是平日里从来都感觉不到的。

似乎有微风吹过,成群结队的黄叶一起从枝头飘落,那纷纷扬扬的样子,让人忍不住也想让一种东西从眼眶中滑落。

要是能够有一处陋舍可以让我长久地在山谷中居住下去就好了!那只是非分之想,自己心里明白,念头一闪而过。

告别山谷时,一步三回首,从近看到远望,真有些恋恋不舍,可所有能做的只是一些自我安慰。

走出山谷后,心里突然想起那个久远的桃花源,我知道,于我来说那片山谷也是一处桃花源,倘若还能返回,必然再也寻不到方才领略过的那片山谷了。

2022 年 10 月 6 日

春天到来的时候

小区里有一株野山桃,每年春天到来的时候,在诸多花木中,她总是最先开放的。

每一年,都在盼望着能第一时间看到她初绽的样子。

这年,我每次路过她,都向着她看一看,一日又一日,天由冷转暖,由暖又转冷,却始终没有看到花的身影。

有一天,又打她身边走过,习惯性地望向了她,粉白的花已然缀满了枝头。

不是每次路过,都关注着她吗?一直想看着她初绽的样子么,怎么还是错过!

仔细地回想了一番,那一天,行色匆匆,只顾低头走路,却忘记了抬头。

原来,相遇容不得半点闪失,唯有全身心的投入,才不会擦肩而过,一旦稍有松懈,便可能是永远的遗憾。

后来,无意中发现,迎春开了,榆叶梅开了,就连那柳树都如烟般地泛起了翠绿的颜色。

一次次的错过,猛然醒悟,世间的任何一桩事,只有全力以赴,才会在最美的时刻相遇,正如那花开,在春天到来的时候。

2023年3月18日

绿地

上班的路上有一片绿地,每次从那儿走过都忍不住放慢脚步,骑车的时候也会推着车子走过,只为多看几眼。那一片绿看上去似乎平淡无奇,却又觉得与众不同。

首先映入我眼帘的是一片高挑的马鞭草,春天的时候还比较矮小,以为只是一片寻常的茅草,渐渐地,一天比一天高了起来,后来头顶上钻出一朵小紫花来,等到远远望去一大片的时候,便有了不凡的气势。

绿地里有一条小径,与马鞭草隔径相望的是一片针茅,那针茅单根像针,一丛像发,银发里还有少许青丝,看过去像是一堆"岁月"在那里,时光旧了,看的人有些神伤。

那是木槿吧,一棵,两棵,三棵,一边数一边打量,那一朵朵的粉红是夏日里为数不多的亮色,在众芳远去喧哗散尽的时节,小家碧玉的木槿也多了些大家闺秀的芳华。

金光菊也占了那绿地的一隅,黑的蕊黄的叶瓣,倘若放在万紫千红的春天里实在不起眼,可它们倒是很会选择天时,从那些走过路过的人那里吸引了不少目光,偶尔还会见到蜜蜂的身影在金光菊的身边盘旋逗留。

鸢尾的花到底是开了还是没开呢?望着那一片绿色我竟恍惚了,不过那一刻开与不开已经不重要了,关键是她们就在那儿,经常可以打个照面,我看到了她们,她们也知道了我。

每次打那片绿地旁走过,总会觉得或许有鸟儿已经在那花丛中安了家,当有人不小心走近时,它们就会扑楞一下子从花丛中飞起来,箭一般地射向高高的悬铃木。

　　鸟儿飞起的一幕我还没有遇到,仔细想了想,原来是我把儿时的一段记忆挪移到现在来了。那时我拥有大片大片的绿地,现在想想很奢侈,当时却觉得很贫穷。

　　虽然现在的我在生活上比当年好了很多,可单就那绿意来说却"贫穷"了不少……

2023 年 7 月 4 日

早晨

　　早晨,遍地都是白色的槐花,子规倏地一下飞上了高枝,喜鹊在地面上不紧不慢地踱着方步。

　　青涩的果子缀满了枝头,阳光斜斜地照着大地,一片金黄色叶子静静地躺在沥青路面上。

　　人们匆匆地走在大街上,各自奔赴自己的目的地,对每一个人来说,这样的一个早晨或许是一个和以往不同的全新的早晨。

　　千百年来,这样的早晨应该一直如此:槐花、子规、喜鹊、果子、阳光、树叶……

　　或许,千万年以前,就曾经有人看到过同样的一个早晨,当年的他曾经畅想过千万年后是不是也有相同的早晨被后人看到。

　　一年,二年,千万年后,应该也会有一个人行走在一个普通的早晨里,突然想到,眼下的这个早晨前人和自己一样都经历过,槐花、子规……

2023 年 7 月 25 日

叶落

之前总以为叶落只是发生在秋天,直到这个冬天才意识到很多树木落叶是在秋天之后。

同样是落叶,不同的树,却落得不同。

有的树木,北风吹过,一夜之间,所有的树叶全部落下,大有"不求同年同月同日生,但求同年同月同日死"的气概,比如那银杏。

银杏叶,在秋天由绿变黄,入冬后,大风一吹,所有的叶子很快全都落下,只余下光秃秃的枝干在寒风中挺立着。

有的树木,北风一到,有的树叶随风飘落,有的依然坚守在枝头,"你走你的阳关道,我过我的独木桥",比如那杨树。

高高的白杨树,入冬以后,虽然没有了往日的郁郁葱葱,那阔大的树叶依然在和寒风抗争着,直到拼尽了全力,才一枚一枚地告别枝头。

不过,无论是齐刷刷地落下,还是一一惜别,最终所有的叶子都会在寒冬中落下。

叶子的坠落,意味着和树木的永别,意味着在造化之中变成了"无"。

"无"并不等于没"有",有时反而意味着"有"。正是一年一度的叶落,才会有来年新叶的生发。

其实,不光是叶落如此,季节的更替同样如此,春天的"无"意味着夏天的"有",夏天的"无"意味着秋天的"有",秋天的"无"意味着冬天的"有",而冬天的"无"意味着春天的"有"……

一季一季,一年一年,一代一代,世间万物,周而复始,生生不息。

2023 年 11 月 25 日

落日余晖

有多久没有看夕阳西下了？静静地心无旁骛地看。

之所以会问自己,是因为有一天傍晚,我无意中又看到了落日的余晖,而且地点很特殊,时机也刚刚好。

地点,不是在一座山上,也不是在海岸线上,而是在室内,就在我的卧室里。

那天,从天寒地冻的外面归来,在外奔波了一天,累了乏了,困意袭来。

卸下了厚厚的冬衣,拿一本新买回的书,准备躺在被窝里,试着能不能看一会儿书后入睡。

已经好久没有在白天里睡着了,就如同好久都没有见过夕阳西下。

侧卧在温暖的棉被下刚翻看了两页,突然眼角的余光被一抹温暖的亮色吸引了去。

就在距离自己不足一米的位置有个古铜色的衣柜,夕阳的余晖刚好落在上面,衣柜的颜色是暖的,光线也是暖的。

之所以说时机刚刚好,是因为我刚刚在外面经历了严寒,被冷风浸透,刚好需要温暖。

恰好在那一刻,落日余晖的温暖来到了我身边。

无论在山顶,还是在海岸,冷风都会让那份温暖变得凌乱,只有在阳光温暖的卧室里,也只有当疲倦带走了浮躁,安静下来的我才会留意到那份温暖的落日余晖。

那从窗户斜照进来的落日余晖,毫无缘由地让我从心底涌起一份感动。

后来,我起身走到窗边,向着西边望去,一轮红日正在西沉。

那个傍晚,我竟然久违地睡着了!

2023 年 11 月 26 日

第二辑 自然万物

寒冬里的法桐叶

已经是冬季,尽管还不到数九寒天,却已冷得彻头彻尾。

一棵高大的法桐矗立在路旁,在打它身旁走过了很多次以后,我偶然间发现树的高处有很多叶子。

在寒风的吹拂下叶子们沙沙作响,在夜空和凌乱的霓虹光线背景下,散发着一种不屈不挠的意志。

当脑海中忽明忽暗地闪现晚秋时分大片大片树叶在地面上随风起舞的情景时,我突然惊讶地意识到枝头的那些叶子或许还没有"死"。

那些叶子还活着,这个念头让我顿生一种恍如隔世的错觉,原本以为它们都早已随风而去,离开了这个世界。

它们与树枝还没有分离,我相信那些叶子们正在以自己的方式继续存在。

与那些不知所踪的叶子们相比,它们是幸运的,毕竟还坚守在高高的枝头俯视着大地上的一切,当然也包括地面上匆匆而过的我。

我很主观地认为那些叶子之所以还没有跌落尘埃,是因为和那些早已故去的叶子相比,它们来到这个世界的时间更晚。

假设不同叶子的生命长度相仿这点成立,隆冬中依然活在枝头的那些叶子必然错过了很大一部分夏季。

如此看来,叶子与叶子之间,就生命经历的过程和形式而言,也是大不相同的。所有的生命,包括人类而言,也都是如此吧。

2021 年 11 月 24 日

树影

冬天的夜晚,偶遇了一棵树。

树的主干粗壮挺拔,高大的树冠枝丫茂密,遒劲有形。

天上月朗星稀,白色的月光将树的影子投在地上,月亮在走,树影在动。

路边有两排路灯,各自发出昏黄的光,灯光或近或远,照亮了路面,也照在树的身上。

灯光也将那棵树投在地面上,勾勒出一个又一个斑驳的树影。

不远处还有一排高楼,楼上闪耀着一排排霓虹,五彩缤纷,耀眼夺目。

霓虹的光也照耀在树的身上,在地面上投下一个个斜斜又长长的树影。

尽管是同一棵树,月亮、路灯、霓虹,各自从自己的位置照在树上,就形成了形态各异的树影。

总觉得那月亮,那路灯,那霓虹,就如同一双双眼睛,而那棵树就好似一个人,当众人的目光从不同的角度打量同一棵树时,树影就不再唯一,而变得千姿百态。

2021 年 11 月 29 日

赏雪

农历大寒那一天,雪没有爽约,准时降临到了这座城里。

雪下得很大,纷纷扬扬的,直到第二天才慢慢停歇。

一年一年,每个冬季,都会和雪相遇,也留下了很多和雪有关的美好回忆。

雪迟早是要走的,不会太久。在经历了那么多雪后,我再次看到雪时,尽管也有不少惊喜,可多少也有些审美疲劳了。

成年人的世界,见怪不怪的背后是好奇心的渐行渐远。

当我又置身在一片银白的世界里时,有一个困惑一直围绕着我,现在的我该如何和雪相处,才能最大程度地体验雪带来的境界。

这个困惑从下雪伊始就一直跟着我,一直到雪开始融化。

赏,最终我找到了答案。

赏雪,起于看,但又不限于看,而是带着一种宁静平和的心境观看,同时还怀有一种感激之情慢慢地品味和欣赏。

当我们很在乎一个人一件物时,看过去是最直接也是最发自内心的举动,看得满目柔情,看得满心欢喜,这种"看"便带有"赏"的味道了。

雪从空中飘飘摇摇地徐徐落下,身上有风的影子,世间万物都弥漫在数不胜数的雪花中,大地上雪层越来越厚,给人一种祥和的丰盈感。所有这一切,无不都是通过"赏"来实现的。

倘若面对着漫天飞舞的大雪,少了那份赏的心情,对于人们来说雪的意义便削弱了许多,它便和一阵风一场雨相差无几。

  趁着冬季还在,趁着雪还会再来,赶紧好好地收拾一下心情,做好赏雪的准备吧。

2022 年 1 月 24 日

最后一场雪

窗外又下雪了,在人们都兴高采烈地传递着春暖花开的消息的时候,这有些出乎我的意料。

如果没有猜错,外面应该是当下的这个春天里最后一场雪,想到这里,起初的惊讶渐渐地让渡给了珍惜。

世界上没有两片雪花是一样的,同样,这人世间的每一场雪也都是不同的,每一片雪花,每一场雪都值得好好对待。

毕竟是春天了,纷纷扬扬的雪一沾地面很快就化了,只在那些低矮的灌木上铺了一层浅浅的白。

远处的柳树刚刚吐出一丝绿意来,楼房间应该还有一些含苞欲放的花,比如玉兰、樱花,还有榆叶梅。

此时此刻,那柳芽,那白的粉的红的花,都在做些什么呢?

"我看见雪花啦!""她就在我身上!""好凉啊!""可妈妈从来都没有告诉过我们会见到雪花!""你冷么?""我们不会冻坏了吧!""是不是我们来得早了点?""好高兴啊!"……很快,雪来到的消息传遍了花木的世界。

雪还在飘飘洒洒地从高空落下,原本这场不期而至的雪是一场雨的吧!应该是一场来自北方的风让一场春雨转身成了一场雪。

其实,不论是雪还是雨,人世间都是欢迎的,雨和雪都能让春天更加妩媚,更加动人。

我打开窗户想把雪迎进屋里来,可还有纱窗,雪依旧被阻挡在了窗外,多少有些失望,转念一想,雪一旦来到了屋里,很快就会融化消逝的。

　　近在咫尺,却不可得;一旦得到,很快失去。人世间的很多事情都是这样,不仅关乎到雪。

　　对于窗外的这一场雪,我还是趁着依然在下,静静地去欣赏吧,这可是这个春天里的最后一场雪了。

2022 年 3 月 17 日

一丈红

湖的边上有一簇花,六月的一天我遇见了它。

万紫千红的季节早已远去,就连那湖都带着浓浓的绿意,原本只打算在树荫里走走,在湖面上吹吹凉爽的风。

不期而遇总会让人心动,因为那常常意味着机缘巧合,惊讶惊喜惊叹,一见倾心。

小山丘的另一边是一个码头,沿着弯弯的湖边小路绕过山丘就到了。望见码头和小船的那一刻,恰好撞见那簇花。

刹那间,我心里怦然一动。高挑的身材,粉红的面庞,让人突然想起那句,"盈盈一水间,脉脉不得语"。

花儿开在那里,仿佛是无意的,若无其事,只是在随意打发自己的时光,又好像是有意的,情意绵绵,早已等了多年。

不再慌乱地逃走,就像年轻时不争气的自己,而是放慢了脚步,不再顾及旁人,迎面走上前去。

没有过多的语言,沉默是最美的问候;无须多余的举动,移不开的目光是最真挚的表达。

纯粹得让人怜惜;洁净得让人崇敬;挺拔得让人神往;亮丽得让人沉醉。

相遇总是美好的,相逢又常常恨晚,相聚又是那么短暂,相别又总是身不由己。

转身离去那一刻,瞬间的一瞥就此定格在了心间,从此成为永恒,在以后的时光里时时在心底泛起阵阵涟漪。

六月，一个美丽的湖边，我遇见了一簇花，它临水而立，光彩夺目，遇见了它，我便遇见了那一年的夏天，还有那些早已远去的夏天里，年轻时的自己。

2022 年 6 月 14 日

黄叶

秋日的早晨,阳光明媚,气候宜人。

不知什么时候,有一些黄叶散落在了我的车身,黄得那么纯粹,那么惹人怜惜。

车子缓缓启动,有一片叶子飞了起来,掠过车身向后方跑去。

随着车子在加速,第二片,第三片……最后,那些黄叶都离开了车身,全不见了。

每个人的一生中,不同的阶段,也会有一些人走入到生命中。

相遇总是美好的,可是不知不觉中,那些人悄然从生命中离开了,不知所终,再也没有见过面。

一如那秋日早晨擦肩而过的黄叶。

一抹斜阳

每一个开车上班的日子里,我都要斜穿过整个城市,抵达遥遥相望的另一角。

路途遥远而艰难,我常常在路上收听一些阅读节目,或者评书、歌曲,打发一路的寂寥,以忘却一天的疲惫。

有时在等绿灯时,我会把目光投向那些来来往往的人,在那些流动的风景中尝试着走近他们。

一个傍晚,秋风乍起,我像往常一样一个人孤独而寂寞地斜穿过城市,在通过一个大的十字路口时,一抹斜阳因为少了楼宇的阻挡刚好照在了我的脸上。

阳光是那种温暖的黄色,我左侧的面颊立刻感受到了那斜阳的热度,在微凉的秋风中,一股暖流瞬间通达了全身。

那一刻,我突然有了一种所有疲惫全被那抹斜阳赶走了的治愈感,也突然感觉到了身在人世间的无限美好。

尽管我看过无数次的夕阳,可是那种身心的治愈感却是第一次。

我想,这是因为那一天的奔波,那阵掠过城里的秋风,那首刚刚听过的歌曲,那片茫茫的人海,当然还有那些已经流走的岁月,全凑在一起,才让那抹斜阳在那一刻与我相遇。

在这个几千万人生活的都市里,有很多人像我一样早出晚归地奔波着,日复一日年复一年。在他们中,一定也有人会得到那斜阳的眷顾,在那短暂时间里领略到温暖与美好吧。

  但愿在以后的日子里,我能常常再和那斜阳相遇,让那温暖的阳光照在我的身上,照进我的心里,照入我魂灵的最深处。

2022 年 9 月 7 日

冬青

秋日的早晨,阳光明媚,大街上车来车往,人流如织。

在人行道的外侧有一片绿化带,里面是各种绿植,有花树,在春天时曾经万紫千红过;有草坪,各种鸟雀经常落在上面觅食;还有冬青,一年四季绿色不改。

一些工人穿着橘色的工作服已经在那片绿化带工作了,他们分成几个小组,偶尔有些交流,多数时间都在默默地低头工作。

因为走得匆忙,原本已经骑车经过了他们身边,可是当我发现他们正在忙碌着的工作时又决意停住了。

他们中有几个人,看上去是相对有点力气的劳力,正在用铁锹把紧挨着人行道的冬青一棵一棵地挖出来,其他的人则蹲着身子把挖出的冬青抖一抖身上过多的土,然后堆在一旁排齐。

莫大的不解和困惑促使我又折返了回去,这时候我看到一个身穿黑色衣服的人正在不远处站着,偶尔冲着工人们说一些听不清的话,看样子像是总指挥。

我没有去靠近那个指挥,而是就近向身旁的一位正在用力挖冬青的工人问起缘由。工人年纪看上去已经不小了,憨厚老实,听声音不像城里的本地人。

也许是带方言的缘故,也许上年纪了,老工人说话有些含糊不清,问了两遍我才明白过来。原来那冬青被挖出来是要移植到另一个地方去,空出来的地方要铺上草坪。

听明白原委,我的困惑非但没有减轻反而多了起来,冬青从被栽种到绿化带的那一刻一直安分守己地为人类呈现着绿意,尽管它们不事声张,更不会与花树争宠,为何一觉醒来,要远徙他处!

离开了那片绿地后,对于那片冬青的迁移我一直觉得有些惋惜,不过我无力去做些什么,心里也劝慰自己应该只是看到了事情的一面,难以做出客观而全面的评价。

但愿那冬青们在新的土地上依然能茁壮成长,还能像以往一样赠人以四季常青的绿意,也但愿那即将在冬青离开后的土地上安家的新的居民不负众望,为路过的人带来更多的安慰。

后来我又突然想到,那将要铺设的草坪在未来的日子里会不会也像那冬青一样又要被迫迁徙?那远走他乡的冬青呢?就会在新的地方永远定居下来么?!

2022 年 9 月 15 日

消失的树林

开车经过一座桥,目光习惯性地向右方瞥去,那里有我熟悉的一片小树林。

春天的时候,那片树林里开满了紫色的地丁花,让人心旷神怡。夏天的时候,小树林里会传出悠长的蝉鸣声,让人听得出神。

路边竖着一排绿色的挡板,记忆中的那片树林无法进入我的视野,于是我抬了一下身子,努力地又望了一眼。

目光绕过了挡板,这回看清了,却失望了,因为树林不见了,取而代之的是草木丛生的一片荒野。

正当我纳闷之际,左侧的十数个桥墩让我若有所悟,看上去一架更大的天桥即将横跨左右,也就明白了那片小树林消失的原因。

修桥是好事啊,有了新的桥后,我的通行会更加便捷,我应该欢欣鼓舞。可是,那片树林的影子却久久在我脑海中挥之不去。

那大片的紫色地丁,那深远悠长的蝉鸣,还有那片不多见的绿荫,它们隐隐地构筑起了一个理想的家园,曾经让我心驰神往,给久居混凝土城市的我多了不少心灵上的慰藉。

那片小树林,连带里边的一切,在我不知不觉中就那样消失了,只留下了一片临时的荒地,即使是那片看上去有不少原生味道的荒地,在不远的将来也会永远消逝。

一种惋惜之情久久地盘踞在我的心里,可这种心情却因为我可能从高架桥中潜在获益而变得五味杂陈,让我既不能以简单的眼光去打量那桥,又无法以纯粹的感情去怀念那已经逝去的小树林。

这种纠结的心态正是当下如我这样的城里人普遍存在的一种心理范式,左边是应该拥有的,右边是不想失去的,可是毕竟有些东西在时代洪流中悄悄远去了,我们甚至来不及与它们道别。

2022 年 9 月 17 日

法桐叶

起风了,是凛冽的北风,在初冬时节。

我匆匆地跑回到屋子里,逃离了外面的世界,用了好长时间才把身上的寒气赶走。

听着窗外呼啸的风声,我忘掉了很多事物,却忽然记起了路边的法桐。

法桐的树叶早已斑驳,却是这寒冷季节里不多见的一抹颜色,看到它们,远望的视线便有了着落。

尽管,冬的荒芜也是一种风景,那份安静不可多得,可留几片叶子会多一份厚重,那里有对往日的唤醒。

刺骨的风一定不会轻易地放过那窗外的一切,包括那原本就摇摇欲坠的法桐叶。

黑夜遮住了所有,我只能凭着记忆和法桐叶作别,在辞别枝头的那一刻,它们一定唱起了离歌。

虽然已是深夜,我却不愿睡去,生怕一觉醒来,外面的那个世界早已天壤之别,那些法桐叶早已在风中飘落。

2022 年 11 月 29 日

第一场雪

每一个冬季,第一场雪下得都有所不同,有的大些,有的小些,有的伴着风,有的只是静静地落下。

今年入冬以后,我和往年一样,虽然表面不动声色,内心深处还是暗暗期待着第一场雪能早一天到来。

"这两天降温,听说今天有雪。"无意中听到这样一句话,看了看蒙蒙的天,既想相信真的会有雪,又不敢抱有太高的期待,以免期望落空后会带来深深的失望。

匆匆地赶去参加一个会议,路上想要找一点水喝的感觉越来越强烈,一路走一路寻找,终于在一个街角发现了一家快餐店,匆匆进去特意点了一杯热的拿铁咖啡。

手里捧着拿铁,重新来到街上后,突然想到要是此时此刻有一场雪那该多好!

会场里大家热烈地交流着,所有人的注意力都放在了会议上,当我的目光无意中扫向窗外时,心里蓦然激动了起来:下雪了!

我的目光不由自主地望向了窗外,雪花很大,像一朵朵棉花,看上去没有风,雪花从窗的上面悠悠地向下飘去。

看过了很多的雪,和往年相比,又隐隐觉得这一场雪有些不同,它的到来不仅仅是满足了我对今年下雪的期待,似乎还有更广更深的寓意在其中。

会议结束了,当我怀着无限的期待走出室外时,意外发现雪已经停了,四周寻觅了一番,不见一片雪的影子,心里又空落了起来。

毕竟雪来了,虽然只是短暂的停留,但在大街上看着车来车往又热闹起来的都市,我心里还是踏实了许多。

2023 年 1 月 13 日

途中夜雪

傍晚，我走在回家的路上，突然发现车窗外似乎有雪花在飘。

仔细地看去，的确是下雪了，虽然很小，但是我心里非常高兴。

我把车窗摇了下来，一来是想好好地看一看车外的那场小雪，二来想邀请外面的雪花飘落到我的车子里来。

有一些雪花轻轻落到了我的手上，感觉凉凉的，很是爽快，还有一些雪花如我所愿飘落进车子里面，让我对她们多了一份亲近感。

因为天气还冷，总觉得当下还属于冬季，可是转念一想，现在已经是春季了，冬季早已经在半个月以前就过去了，所以眼前的这场雪应不属于过去的那个冬季了。

随着天光越来越暗，能看到的雪花更少了，这多少让我有点小小的失望。后来，我又在灯光里发现了雪花的身影，原来她们并没有走远，而是和夜色渐渐融为了一体。

我看到有无数的雪花围绕着一辆又一辆的车飞舞着，看上去，她们和我一样，也是满心欢喜的。

路面上的车越来越多，越来越慢，可是我并不像往常一样急着回家，因为有了雪的陪伴。

尽管天空中有无数的雪花，可是地面上却看不到一片雪，她们在落地的瞬间都融化了。

我想我是应该深深地感念外面的那些雪的，她们用短暂的生命带给了我很多的快乐和希望，让我在回家的途中不再寂寞。

雪还在下，我却快到家了。原本漫长而枯燥的回家路，因为雪的到来，在不知不觉中早已变得轻松快乐而又短暂。

2023 年 2 月 9 日

那一片紫

郊外有一个园子,那天打它旁边路过,无意中一瞥,远远望见里面有一片紫色,顿时心头一喜。

想了想当下的时令,那片紫色该是紫罗兰无疑,一想到这里便觉得四周都氤氲着一种浪漫的气息,应该进去靠近点好好看看它们。

想只是想,不过第一次路过时我却没有走进那敞开着的门,后边还有事要做,等办完事后再进去也不迟,反正那片紫色又不会跑了。

那个上午,心里已经装着了那片紫色,不时地就想一想,每次想起时,心里都会有一种温馨感,仿佛初恋的人心里放不下另一半。

想象着过不了多大一会儿自己就会徜徉在那片紫色里,宛如走进一个童话王国,走进情人温暖的怀抱里,真好。

忙碌起来的时候,时光总是过得飞快,一个上午的时间一晃就过去了,接着便是要离去,家在远处。

在离开的时候,又从那门前路过,又远远地望见了那片紫色,呀,还没有去看看那片紫呢!

有些决定留给思考的时间不多,往往匆忙中就做了出来,我对于不远处的那片紫色就是这样,尽管内心十分期待能走近它,可偏偏觉得那一刻应该先启程赶路,于是在一种缺憾中渐行渐远。

我之所以选择了离去,还有一个原因,我的潜意识中觉得时光还长,总会有机会再遇见那片紫色的。

在之后的归途中,我一边赶路一边想象着那片只是远望却没有靠近的紫色,想来想去,最终得出一个不愿面对的事实,我已经永远错过那片紫色了。

尽管那片紫色还在，可是囿于现实中的种种，未来的一段时间里我已不可能故地重游，倘若日后我还有机缘走进那扇门，那片紫色想必早已离我远去了。

世间无数的人与事，一旦错过便是永远，宛如那一天偶遇的那一片紫。

2023 年 4 月 15 日

榆钱树

夜里,路过一棵树。

树高耸挺拔,抬眼望去,高高在上,如入仙境。

于是,停下脚步,望向那如烟似雾的境地。

首先,映入眼帘的是一丛熟悉却久违的身影,没有花,不见叶,只看到一串串如古钱币般的物件。

再向更远处望去,是一片片亮丽的云朵,云朵之外,是深邃的夜空。

就在那一刻,几十年前童年的记忆被唤起。

那时候,在老屋的后面也有一棵树,同样高高地耸立着,上面同样有古钱币般的身影。

原来,那是一棵树,一棵榆钱树。

那是一棵童年的树,一棵回忆的树,一棵永远难以忘怀许多年后仍愿意走近的树。

当我看到那棵树时,便觉得人生是一场太虚幻境。

2023 年 4 月 24 日

一只蝴蝶

清晨,一只白色的蝴蝶飞入我的视野,那时的我正急匆匆地赶往地铁站。

那只白蝴蝶,曲曲折折地在一片草丛中飞着,正以为它会在那里多停留一会的时候,它却忽地一下向着高处的树林中飞走了。

望着忽然飞来又忽然飞走的蝴蝶,瞬间,有许多蝴蝶的影像在我的脑海里盘旋。

首先想到的还是庄周梦蝶,不知道当年的庄周是否在清晨梦醒的时刻恰好遇见了那只翩翩起舞的蝴蝶,但有一件事是肯定的,那只蝴蝶已经在历史、文学和哲学史上留下了浓墨重彩的一笔。

假如万物都如庄周所想的那样,庄周即蝴蝶,蝴蝶即庄周,那么那只蝴蝶应该会知道她无意中的一次例行飞巡已经永久地载入了史册,为无数的人类和蝶类后代所憧憬。

蝴蝶不仅会入梦,还会入歌。在歌里的蝴蝶,更多的是爱的化身,不过在人类的世界里,那也是一种美好的憧憬,一个很难抵达的梦境。

蝴蝶,除了会入梦、入歌,还会入诗入词入画,从帝王到百姓,从孩童到老者,都可以把蝴蝶引入到自己的精神世界里,书写描摹出一片自由美好的天地。

不过,与庄周不同,在遇见那只白蝴蝶的那一刻,我并没有生出我即蝴蝶蝴蝶即我的幻觉,相反,我觉得尽管我们生活在同一个世界上,但是我和那只蝴蝶却生活在不同的世界里。

我想做蝶,蝶却不想做我,我不是蝶,蝶也不是我。

2023 年 7 月 11 日

傍晚的雨

傍晚,望了一下窗外,乌云密布,远处的高楼笼罩在一片雾气中。

走出楼门口时忽然发现已是大雨滂沱。很多人拥挤在廊檐下,有些没有带伞,也有一些手里拿着伞,却不敢走进雨里。

我从背包里拿出雨伞,没有犹豫,甚至有些自豪地径直冲进了雨幕中。

雨瓢泼而下,地面上已经有了湍急的水流,豆大的雨点打在先前形成的水面上,激起无数的浪花。

擎着的雨伞只能遮挡住我的上半身,走出去没有多远,鞋子已经湿透了,同样湿透的裤腿紧紧贴在腿上,让我感受到了雨的凉意。

已经好久没有像现在这样在大雨中走走了,我一边走路,一边回忆着以前自己置身在大雨中的经历。

我曾经在大雨里顶着一方宽大的芋头叶奔跑过,在没有芋头叶可用的时候,也曾经采过梧桐叶扣在头顶上;曾经跑进大雨中疏通过堵塞了的排水用的洋沟;也曾经开着车在大雨中寸步难行……

来到地铁口的时候,又发现不少人在廊檐下避雨,同样有的没有带伞,有的握着雨伞却不敢走进雨中。

尽管身上被淋了很多雨,我却一点也不感到遗憾,相反却觉得在大雨中走走是一种少有的也是难得的体验,深切地感受到自己正置身在苍茫的天地之间,感受到雨幕里那种独特的孤寂感。

走出我的目的地地铁站的时候,雨已经不见了。

雨下得越大,停得越快。地铁里无意中听到了这样一句话,忽然觉得有一些哲理在里头。

2023 年 7 月 26 日

四季海棠

清晨,在一个路口拐角处看到一丛花。

我停住了脚步,俯下身子仔细辨认了一番,确信那是一丛海棠。

在都市的公园里甚至街头路口经常可以见到各种花木,有樱花牡丹桃花月季……数不胜数。

每每到了花开的季节我也会去公园赏花,不过,已经有很多年自己没有亲手栽种过花了。

多年前,买了房子有了自己的家后曾经也买过一些盆景、绿萝等经得起严峻考验的绿植,不过一直没有栽种过花。

在我的记忆里,小的时候,是亲手栽种过花的,有鸡冠花,有秋菊,有仙人球,也栽种过海棠花。

海棠花就放在天井的阳台上,开花的日子对全家人来说是一件盛事,从被发现长出花骨朵的那一刻起,海棠就成了家里的焦点。

每逢有人到家里来串门,我们全家人会向客人隆重推介盛开的海棠,所有的人都会聚集到海棠的身边,品头论足啧啧赞叹。

不过那段亲手栽种一丛花,看着花开花落的岁月很短,自从我考上大学离开故乡后就不曾有过了。

几十年以来,都是在一种匆匆忙忙中度过,不是求学就是工作,已经很少有闲情逸致安安静静地和一丛花相处,看花开花落了。

那天早晨,当我在都市里匆忙的街头偶遇那丛海棠花时,又一次惊觉这么多年以来我在收获了很多的同时,也失去了很多,比如那每天都和海棠花相处的日子。

2023 年 9 月 6 日

听雨

从傍晚开始,雨就淅淅沥沥地下了起来。

入夜以后,雨还在下个不停。窗外,除了不远处居民楼里亮着的灯光外,四周黑压压的。

好久没有听过雨声了!

一个人安安静静地听听雨声的想法突然冒了出来。想归想,把看似简单的想法变成行动却不容易,总想着做这做那,一下子安静不下来。

终于下定了决心,把屋里的灯关了,四周一下子黑了下来。

我又一次来到窗前,看得出雨还在下,地面上被路灯照到的地方明晃晃的,那是积的雨水。

打开窗户的刹那,一阵凉风吹了进来,那风中带着细小的雨珠。

夏天并未走远,近几日余威犹在,突然被冷风一吹,立刻觉得天已经凉了,于是去衣橱里翻出来一件薄被放在了床上。

我在床上躺了下来,把薄被搭在身上,顿时觉得一阵暖意包裹住了自己。

尽管灯已熄,人也躺了下来,可思维并没能跟着静下来,心神一直飘忽不定。

我努力地把注意力伸向了窗外,想听一听那雨的声音。

雨声是有的,嘀嘀嗒嗒的声响很是密集,不过并没有连成一片,声势不大。

在那雨声之外,我听到了都市的嘈杂,那是一种混混沌沌的声音,低沉厚重不会有片刻停歇,间或传来汽车的鸣笛声。

　　雨声就那样混合在都市的背景音里,很难摘出来,于是就有了遗憾。

　　我终究是很难听到那纯粹的雨声了,和都市有关,和自己也有关,我们大概都静不下来了!

2023 年 9 月 8 日

蛐蛐声

每一个月里,我都要在单位值两三个夜班。

夜班从下午五点开始,到第二天上午八点结束。

这一天夜里,我又值夜班,照例到院子里的各个地方巡视一遍。

当巡视完最后一个点位后,心情突然轻松了下来。

原本有条近路可以返回办公室早点休息的,当我望着不远处的一排路灯在夜色里兀自散发着柔和的光芒时,就转头朝着那路灯走去,我知道那路灯下有一排木质的座椅。

路边有几株银杏树,尽管已经入秋有些时日,叶子却还没有变黄。樱桃李个头没有银杏高,一棵棵在夜色里的灯光下默立着。

走着走着,突然一阵阵熟悉的声音从草丛里传了出来,那是蛐蛐在叫。

我停住了脚步,俯下身来,眼前是一片鼠尾草,里面竖着一株株紫色的花。紧挨着还有一些像兰花似的晚香玉。

蛐蛐们就躲在那鼠尾草和晚香玉里,仔细听时不止一只,好多蛐蛐都在叫,只是有几只叫得最卖力最嘹亮。

我静静地听了一会儿,那熟悉的蛐蛐声里有一种悠长的怀旧,让人遐想联翩,接着就想到其实刚才我是从这里路过一趟的,那时怎么没有听到蛐蛐声呢?

想到这个问题时,我马上也就想到了答案,刚才还在去巡视的路上,心里装着许多事,脚步匆匆,哪还有心思听蛐蛐声啊!

看来对一个人来说,很多事情在意就有,不在意就无,在意和不在意与人的心境息息相关。

　　我来到路灯下的长椅上坐了一会儿,蛐蛐声一直围绕着我。

　　当我的视线挪向稍远的地方,那里竖着一块醒目的荧光指示牌,上面写着"急诊,胸痛中心、卒中中心"。

　　于是想到,凡是到这个院子里来的人,莫不都是心里装着事急匆匆的,对于他们来说可能根本就不知道这个院子里还会有蛐蛐在叫。

　　但愿天下所有的人,不论置身何处,在这秋的夜里,都能听到蛐蛐声,那蛐蛐声不但会让人静下心来,还会抚平不少难以疗愈的伤痛。

2023 年 8 月 10 日

落日

傍晚,遇见一轮落日,在那天际,那地平线上。

落日,红彤彤的,不耀眼,散发着温暖的光芒。

望着那落日,一天的疲惫,所有的难平意,尽管不是一扫而光,也已放下,至少在那段时光里。

只可惜,落日走得急,很快便见不到了,留下自己在那里怅然若失。

清晨,见不到日光;上午,忘记了那耀眼的太阳,下午依旧。

唯有傍晚,才能重见天日。

这人世间,并不完美,每个人都会有伤,只不过来得有早有迟、有多有少而已。

愿天下所有的人,所有的意难平,都能望见那落日,从那余晖中得些疗愈。

在那傍晚时分。

2023 年 9 月 15 日

冰晶

刚一入冬，天气就寒冷了起来。

走在初冬的清晨里，尽管已经加了棉衣，依然切身地感觉到天气的冰冷。

即便坐进车里，四周的寒意也没有减弱多少。

发动车子时，无意中触碰到了雨刮器的开关，车子的前玻璃上洒了一些玻璃水。

那些玻璃水呈两条带状，破坏了玻璃的原本的整洁明亮，看不下去，我立即又摁了一下雨刮器的按钮。

雨刮器摆动起来，发出沙沙的声音，那声音听上去有些粗糙有些艰难，仔细一看才发现情况不妙。

原来，天气太冷，摆动起来的雨刮器非但没有把洒落在玻璃上的水刮干净，反而把水铺了开来，那水立即结成了一层冰晶。

玻璃上的冰晶阻挡了我的视线，我只能凭借着后视镜和没有涂抹冰晶的地方努力辨识道路。

假如刚才没有再启动雨刮器，那一点点水就不会铺开成冰，前方的视线也就不会受到影响了。

有些事发生后，并不一定要急着处理！先放一放，给思考留点空间或许才是更明智的解决之道！我一边小心翼翼地开车，一边反思着。

早晨的路面上车辆很多，我也无须开得很快，尽管视线受阻困难重重，还能勉强应付。等车子拐了一个大角后由原来的自西向东变成了自北向南行驶。这时，太阳已经升起来了，尽管是冬天，依然有点刺眼。

正当我琢磨着是不是先靠边停车,想办法除去那玻璃上的冰晶时,却突然发现那原本完全遮挡视线的冰晶已经变得有些稀薄,不大一会儿竟然消失不见了。

那层冰晶应该是受了那日光的照射慢慢蒸发了!

我为自己没有选择冒着一定风险路边停车而感到庆幸,接着又陷入了沉思:有些事情发生了,并不一定第一时间就急着去处理,先放一放,多看一看,事情或许就会有转机。

2023 年 11 月 10 日

一代叶

窗外有一片杨树林,高高地耸立着。

杨树,有的粗有的细,细的有碗口大小,粗的堪称合抱之木。

已是初冬时节,树上的叶子已经落了大半,剩下的看上去干枯皱缩,稀稀落落地挂在枝上。

不时有冷风吹过,刚安静一小会儿的树叶又颤动起来,个别脆弱的告别了枝头,飘飘悠悠地落到地面上。

地面上的树叶不多,应该是被人扫走了,也许被风带着去了更远的地方。

有的叶子还坚守在枝头,有的正飘落在风中,有的静静地躺在地上,有的去了远方,不知所终。在生命的最后一程,叶子之间是如此的不同。

其实,叶子们在刚来到这个世界的时候也是不同的:有的来得早些,有的来得迟些;有的在梢头,有的在枝尾;有的在高处,有的在低处……

在树叶们慢慢长大成熟变老的过程中,树叶之间也是不同的:有的迎着阳光,有的朝着阴凉;有的领受雨露多些,有的经受风霜多些;有的茁壮成长,有的早早掉落……

从春的初长成,到夏的成熟,再到秋的灿烂,最后到冬的陨落,尽管叶子们之间有那样多的不同,可是时间是公平的,它们都经历了"一生"。

它们,都是同一代叶子。

2023 年 11 月 11 日

落叶

寒潮终究还是来了,被呼啸的北风刮落的树叶,在大街上随处可见。

树叶拥挤到一起,在风轻的地方积了厚厚的一层,有些孤独地在大街上随风奔跑,还有一些正在空中飞舞着。

有早起的环卫工人已经在收拾街上的落叶了,沙沙沙,远远传来一声声扫帚拂地的声音。

我对这扫地的声音是那样熟悉,仿佛它是从遥远的过去传来的。

至少四十年前了,那时的冬天也有人在清扫被北风吹落的树叶,是个孩子。

竹枝做的扫帚因为用了多年已经有些光秃,不过并不影响他清扫落叶的热情,相反,那扫帚起落的频率很快,沙沙沙,沙沙沙……

那个孩子把堆起的树叶用被北风吹得皲裂的双手一把一把抱进一个筐里。

筐子是荆条做的,有的部位已经开裂,古旧却依然结实,至少装那些落叶绰绰有余。

堆起的树叶越来越多,里边还夹杂着一些枯枝,筐子看起来已经满了。

那个孩子抬起右脚用力地向着荆筐里的树叶压去,一脚一脚,筐里的树叶向着筐底陷下去了一些,孩子又抱起一些树叶用力塞进筐里,一直到再也塞不进去。

荆筐已满,孩子弯下腰用力地把右胳膊从筐把下面穿过,吃力地把筐挎了起来,左手握着扫帚,向左倾斜着身子,一步一步向着家走去。

家的边上有一个柴火垛,那里有麦秸,也有落叶。

一辆大卡车从身边驶过,车兜里装满了城里的落叶。

尽管都是落叶,对城里的人来说,那落叶是一种负累。可对于当年那个孩子来说,却是一种礼物。

2023 年 11 月 23 日

第三辑　平凡的人

父亲母亲

下午,我正准备参加一个会议,接到父亲的主治大夫打来的电话,说父亲在病区输液结束,可以离院回家了。

匆匆地接上母亲便往父亲所在的病区赶,我合计了一下时间,我和母亲上楼去接上父亲,再和他们一起下楼赶到医院门口打上车,参加会议肯定会迟到了。

可是,我不放心母亲一个人到楼上找父亲,更担心他们两人能否走到医院大门口顺利乘上我为他们打的车,毕竟他们都是七十多岁的人了。

一路上母亲多次劝我不用陪着她去找父亲,让我赶紧去开会,而且很自信地对我说之前她曾经去过那个病区,道路熟。

我没有听从母亲的安排,我担心她会对于乘坐哪部电梯上下楼都分不清楚。当我和母亲挤上几乎每一层都停的电梯来到父亲所在的病区门口时,发现父亲已经坐在病区门口了。

看到父亲孤单的身影,我觉得那一刻周围的世界仿佛只剩下我们三人,阳光从西面的大观景窗洒进大厅,照耀出一种带有神性的静谧。

父亲似乎早已做好了随时动身的准备,就等着我们出现,看到我和母亲便立即起身。

和父亲会合后,我们三人便匆匆地乘上了下行的电梯往一层赶。在一层宽阔的大厅里,驼背且拄着拐棍的父亲和母亲走得很快,甚至把我都甩在了后面。

我一边走路一边打车,还好,没过多少时间便打到了一辆,我努力记着车牌号，又特意关注了一下车的颜色。

在医院的大门口，我告诉了父母出租车的车牌号码和车身颜色。

"你快回去开会罢。"母亲催促我的声音很是恳切，听上去他们打车这件事情和我开会比起来是那样微不足道。

"我们没有事的，你快回去罢。"父亲也回过头来冲我说道。那叮嘱仿佛是在勉励一个孩子要好好做事，不要出错。

大门口处人来人往，年迈的父母在人群中显得有些弱不禁风。

开会的时间马上就到了。我拨通了出租车司机的电话："师傅您好，一会儿是我父母坐您的车，我还有事要先离开了，麻烦您把车开到医院大门口这里来。"

"他们穿什么颜色的衣服？"司机师傅在电话里不大放心地询问我。

"我父亲穿黑色的，拄着拐杖，我母亲戴着一顶红帽子。"我一边看着父亲母亲一边回答司机师傅。

"他们走路不大方便，麻烦您一直把他们送到小区楼下，谢谢了啊。"电话里我又叮嘱了师傅一番。

"你快回去罢！"母亲又一次催我离开，似乎对我的不听话有些不大满意。

"那我先回去了！"冲着还在等车的父亲母亲说完后，我便离开了他们，心事重重地向着医院的门诊楼走去。

转身离去的那一刻，我看见母亲抬起手向着我挥了一挥。

2021 年 12 月 3 日

平凡的人

这个世界上有很多平凡的人。

他们真的很平凡,无论是职业学历收入相貌,还是任何别的方面,都只是芸芸众生中极其普通的一员。

他们工作在基层,职位不高,学历不光鲜,相貌也不出众,收入甚至够不上中等,让人下意识地会觉得他们和社会的所谓精英有些距离。

好长一段时间,对于这些平凡的人我一直没有过多的关注,尽管他们也生活在我的世界里,可是交集不多,了解也不深入。

直到偶然有一次接近他们,才有了一种不同的感受。因为,我看到他们的脸上洋溢着真诚的微笑,身上散发着一种兢兢业业认真努力的活力。

他们没有逃避现实,而是认真地努力地工作生活着,正是他们对待自己一丝不苟积极努力的样子打动了我,让我不得不重新审视他们。

面对未知,面对挑战时,并不是只有正面交锋这一种选择,逃避也是一种正常的本能反应。

每个人的一天,都是相同的,谁的也不会比别人的多一点少一点;可是每个人的一天彼此又是不同的,日子和日子的质量可以大不相同。

有的人匍匐在生活的脚下,过着得过且过的日子;也有的人却以一种积极昂扬的姿势把平淡而琐碎的生活过得饶有兴趣,不由得让人刮目相看心生敬意。

祝愿平凡的他们在今后一如既往,在岁月的长河里永远不要随波逐流消沉了意志,把每一天的生活都过得成色十足由内而外散发出幸福的光芒。

现在平凡的他们将来必定会成就一个"非凡"的自己。

2021 年 12 月 11 日

加塞

清晨,蔬菜商店里人头攒动。

买菜的人中,很大一部分是老年人,一来是他们多数已经退休有时间,二来是人上了年纪后起得早,也闲不住。

就买菜而言,很大程度上我是个外行,不大会精挑细选,只知道"抓到篮子里就是菜"。

早晨的菜都是新上的,看上去每一棵都水灵灵的,让人觉得随便买哪一种都会物超所值。

信手抓了几个塑料袋,边走边抓起各种蔬菜往里塞,不一会儿一只手就被提着的大袋小袋占住了。

四周张望了一下,发现了一个已经卸完苹果的纸盒子,于是取了来把手里的蔬菜装在里边,然后端起纸盒子继续选菜。

选好了蔬菜后,先要在一个称重处排队——称重,然后才能去门口的收银台扫码交费。

当我搬着装满蔬菜的纸箱子在称重的队尾刚站好,一位老太太紧跟着排在了我后面,在她后面很快又排上了好几位老人。

因为着急去上班,我只想尽快把蔬菜称完重赶紧去排队结账。

时间过得很慢,过了好大一会儿,排在我前边的人只剩下一位了,他也买了不少,一样一样地从篮子里拿出来交给店员过秤。

"你没有篮子啊,来把我这个给你。"身后的老太太对我一边说着一边把两样蔬菜从她身前的篮子里拿了出来。

那是一个带着一个长把手底下安装有滑轮的拖篮,将蔬菜放在里边拖着篮子走可以省不少力气。

"谢谢您啊！"对于老人的一番好意我心里暖暖的，甚至有些过意不去。

可正当我侧着身子小心翼翼地将蔬菜挪到拖篮里的时候，身后的老人却一步跨到了我的前边，一边自行换着位置一边对我说："我就两样，很快就称完了。"

那一刻，我有些惊讶，对于老人加塞的行为尽管有些不悦却也不好再说些什么，只好由了她。

事后，老太太和我互动的一幕反复浮现在我的脑海里，那一段小小的人情世故让我感触良多。

倘若我买的菜数量上和老太太差不多，她应该不会心生想要加塞的念头，可当看到我买的菜较多而她只有两样的时候，要是安守本分地等我称完后她再称，就会心有不甘。

可是，如果她什么都不做只是向我提出加塞的要求来，就会有被我婉拒的"风险"。

那个拖筐对于只买了两样蔬菜的老太太来说意义很小，倘若给了我却会赢得一些"好感"。接下来，当她再提出其他要求的时候，我因为已经受人以惠，必定不好再加以拒绝。

这可真是"将予取之，必先与之"啊！

2022 年 5 月 13 日

另一个自己

随着年纪渐长,我越来越觉得,每个人的心里都常年住着另一个自己。

那个自己不太小,太小的时候还没有认知,不会常年住在心里,只有在念及故乡的时候才会想起。

也不太大,太大了距离当下太近,因为对比相差不够悬殊,没有常住的"资格"。

二十岁左右吧,已经成年,却涉世未深,刚开始踏入社会,身体和情感正是最热烈的时候,刚刚好。

那个自己就停留在那里了,不再长大,不会变老,悄悄地在自己的内心深处安了家,日后会时不时地冒出来和当下的自己打个招呼。

当现实中的自己顺意安好的时候,会想到那个自己,正是那个自己当年的努力才成就了当下的自己,应该感念他。

若在现实中自己处在人生低谷的日子里,更会记起他,当年的那个自己多好,意气风发,心中不会有畏惧,永远不会被打倒。

当在镜子中看到当下的自己已经生了白发,脸上已经有了沟壑的时候,他也会不合时宜地冒出来。

最让人不解的是当视野中出现同龄人的时候,他也会不打招呼私自就冒了出来,那种两相对比巨大的反差经常让当下的自己"怀疑人生"。

尽管在大部分的时间里,另一个自己会安分守己地住在心里,并不会让自己察觉到,可是他却永远也不会离去。

当下的自己有时会主动和住在心里的那个自己交流,有时是默念,有时是意念,有时是灵犀。

不管什么时刻,什么场合,只要另一个自己浮现出来的时候,当下的自己最终都会心潮澎湃,难以自已。

2022 年 5 月 18 日

卖渔网的男孩

小区门口有一排杂货铺,卖的都是些家里过日子常用的小物件。

偶尔,我会光顾那些小商铺,买过松紧带、绳子、米尺,还去找过膨胀螺丝、小灯泡。

孩子要去郊外小河沟里捞鱼,言辞恳切地让我帮他搞一个渔网,我一下子就想到了那排杂货铺。

在第一家小商铺前我停住了脚步,没打算多逛,想着随便买一个就好。

老板是一位中年妇女,正弓着背在看上去也就三四平方米的小铺子里急切地翻找着什么。

"有渔网吗?"我问那位中年妇女。

可能是我的声音不够大,也可能是正忙手里的活没有听到我的话,中年妇女没有回应我,铺子前一个十七八岁的男孩接了我的话:"妈,有渔网吗?"

中年妇女听到了男孩的话,立即转过身来冲着男孩急切地说:"那不是在前边嘛!"

我也听到了中年妇女的话,顺着她的目光的方向望去。在杂乱的小物件中混杂着几个小渔网,有红的,有粉的。

正当男孩迟疑间,我拿起一个放在手中看了一下,个头有点小,尤其是那柄,短了点。

"有长点的吗?"我追问了一句。显然如果没有,我可能要去别的铺子里再看看。

"有长点的吗？"男孩又去问中年妇女，脸上不喜不忧，一脸平静。

"最外边那个桶里，没看见？"中年妇女显然对男孩的表现不满意，语气很急却又像是一直在克制着。

"嗯，那里有大的。"男孩一边说着一边走上前一步，把唯一的一个白色渔网拿起来送到我面前。

我认真比较了一番，个头要比先前的大些，杆是可伸缩的，拉开后长一米左右。

这时候我用眼角的余光向远处望了一下，另一家店铺的门口竖着一些更长更壮实些的渔网。

可最后，我还是打消了再去下一家的念头。

男孩看上去是刚好放假，也许出于好奇自己主动帮妈妈照看生意，也许是被妈妈叫到自家的小铺子里帮忙，想锻炼一下他。

不管是主动还是被动，从男孩对待我这个顾客的表现来看，显然远远没有达到妈妈期望的那种八面玲珑的样子。

我想，假如我没有从男孩的手中买下那个渔网，那么等商铺打烊回家后，甚至就在我转身离去那一刻，那个男孩少不了会从妈妈那里领受一番数落。

后来，我问明了价格，也没好意思还价，很快付了钱后就离去了。

总觉得，那个男孩似曾相识。

2022 年 6 月 10 日

出租车师傅

"这活啊,没法干了!"刚上出租车,还没有坐稳,司机师傅就对我说。

"怎么了?"我知道出租车师傅很多都喜欢和乘客聊天,不过还是有点好奇。

"一天光油钱就200多块,这活还怎么干?"师傅侧过头来,以便我能听得更清楚。

"跑多少公里200多块?"对于油价油耗和油钱之间的换算关系,我一向厘不大清。

"200公里啊!"师傅回答道。

"现在的油价多少钱了?"我在心里大概合计了一下200公里有多远,又把200元钱装进心里,然后把两者马马虎虎地混在一起思考。

"9块3毛3!"师傅回得干净利落。

"还是92号的。"师傅补充了一句。

"昨天晚上刚涨的!"师傅又补充了一句。

"一天你跑多久?"当我好不容易把油价油钱里程还有油耗之间的关系差不多理清楚之后,开始关注起时间这个因素。

"十几个小时吧。"师傅车开得飞快,我觉得快点能省点油。

"从年初到现在才几个月,涨了2块1毛4了都!"师傅把账目算得如此精准让我十分惊讶,看来他平时没少算账。

"……一个月多了1000多油钱!"师傅又自顾自地算起账来,有些数字我听得稀里糊涂的,不过听上去他很无奈。

"一天公司还要一百多份子钱,你说我还挣什么挣!白跑!"师傅又愤愤不平地向我诉说着。

"以前老说等涨到10块就不堵车了,你看还堵。"师傅望着前边一辆车对我说。

我仔细地琢磨着师傅说的油价和堵车之间的关系,听上去似乎有道理,可又一想车那么多,少一些也感觉不出来。

"油这么贵,再加上停车费,真不如打个车便宜。"师傅又替城里的居民算起账来,听着很有道理,以至于我仿佛也觉得平时自己真不该开车。

"你一个月能赚多少",车子到达目的地了,我一边下车一边赶紧问了一个很关心的问题。

"1000多。"师傅先说了一句,似乎觉得说1000多我不能相信,或者自己有点谦虚了,于是马上又改口多了500。

"1500!"这是师傅向我说的最后一句话。

风有点大,"1500"刚一出口就被吹散了。

2022年6月15日

一次交通事故

对于开车的人来说,"常在河边走,很少有不湿鞋的"。在车辆越来越多的都市里开车久了,剐蹭似乎在所难免。

我也曾发生过一些小的交通意外,多数都和当事的另一方和平化解,很快处理完就离开了现场,因为与争执一场相比,停车造成的拥堵给他人带来的麻烦会更让人尴尬。

但有一次交通事故让我印象极为深刻,事故本身倒不严重,可整件事情的经过却让我思索了很多,因为它极具代表性,而且直指人心的最深处。

这一天下班后我遇上了拥堵高峰,所有的车子都移动得很慢,我也在直行线上慢慢移动着。一边开一边想打开电子地图看一下拥堵路段还有多长,于是低头去取副驾上的手机。

就在我一低头的工夫,突然感觉车身有一种被动的止停,与此同时一声沉闷的摩擦音隐隐地传来。刹那间意识到不好,可又觉得不应该发生在自己身上。

当我茫然向前一看时才发觉有一辆黑色的车子正以极慢的速度从自己的右前方经过,又伴随着很短的一阵摩擦声,黑车停了下来。这时我才慌乱地意识到发生事故了。

那一瞬间,我有些沮丧,心里暗暗责怪自己开车时怎么不多加些小心,尤其是在拥堵的高峰时段自己还要停下车来处理眼前的事故,简直有些无地自容。

与此同时我飞快地回忆了一下自己刚才的行为,车子行驶得很慢,而且分明一直在直行线内,可是面前的这辆黑色的车子从哪里冒出来的,怎么就在短短的一瞬间里发生了剐蹭?

正在我惊诧万分的时候,黑色车子驾驶室门开了,从车上走下来一个女人。那一刻我感觉必须要面对一个糟糕的局面了,事已至此,只能接受并赶紧下车去面对现实。

那女人和我下车后第一件事情便是不约而同地去察看两辆车子剐蹭的地方,一白一黑两辆车子,黑车的左侧面有一些凌乱的白漆,白车的右前面有一望便知的伤痕。

"你看怎么办啊?"我下意识地询问那女人。

"你先把警示三脚架支上。"黑车女人很在行地对我说。

听了她的话,我心里冷暖交加,冷的是看上去她并不想尽快解决,暖的是人家善意的提醒让自己少了一些发生次生事故的风险。

此时路面上的车辆因为我俩的事故都开得小心翼翼,一辆接着一辆缓慢地绕着道走,交通变得更加拥堵,我的心情也如同眼前的路况堵塞不已。

"你看咱们都不是故意的,各自修各自的行吗?"看到因为我俩的缘故影响到那么多的车辆,我心里很难堪,就想着赶紧处理完了离开。

"那不行啊,我修车得走你的保险吧!"对方说话的语气倒是不愠不火,却透着百倍的信心。

她的话让我感到事情有些棘手,看上去一时半会儿解决不了,于是我赶紧绕到后备厢里取红色的三角架。

"你叫警察吧。"正当我在后备箱中寻找三脚架时,那女人来到我的近前对我说,听上去对于我不主动叫警察有不少困惑。

"要叫也是你叫!我说咱们各修各的你又不听,怎么还要我叫?"那一刻我心里有了怒气,说话时并没有看她。

我的话她显然听了进去,见我忙着支三脚架,她就到一旁去打起了电话。这时候我已经横下心来准备好迎接最坏的结果了。

放完三脚架后,我又绕到车子的右前方去进一步察看现场。我的车子一直在直行线里,黑车显然是从右侧斜插到我的前方的,停车的位置大部分车身已经进入了我的车道内。

我一边看一边拍了些照片以保留原始证据,在又看了现场后,我心里对于谁应该负责任一时也拿不大准了。不过即便是一会儿警察来了认定是自己的责任,那也认了。

警察到得很快,显然是就在附近巡逻。那女人还没等警察把警车停住就径直迎了上去。

见到警察的那一刻,我原本已平复很多的心情又多了一丝慌乱,毕竟处理马上就开始了,而且看那女人的架势,我是凶多吉少。

警察很专业,上来就问两辆车各自的归属,接着迅速绕着现场看了一遍,然后就站到了她的面前。

"你的全责。"正当我以为警察需要花费很多时间才能做出最终"判决"时,从不远处传过来警察对那女人说的这一句话让我大为惊讶,同时顿感一块石头落了地。

我想与我同样大为惊讶的还有那女人。她在听到警察的判断后显然大为不满,不但立即开始辩驳而且声调也提高了不少。

"怎么可能!明明是他撞的我啊!"黑车女人对着警察说道,一边说一边又走到两车交接的地方。

"人家是直行,人家有路权,你是斜插进来的。"警察不急不躁向她解释着。

"那也是他的车撞的我的啊,我的车大部分都进来了呀!"那女人并不接受,依然理直气壮地辩驳着。

"来,你们俩先把车都开到这里来,咱别影响其他车辆。"警察见那女人并不打算接受,可能需要更多的时间,一边拍照一边示意我们把车开到便道上去。

"你说的就是不对!"那女人把车停在便道上后又开始不依不饶地和警察理论。

"我是依法定责,有什么不对。"警察面对咄咄逼人的女人不卑不亢地讲着。

"你那意思就是我在这里不能向左并线了?"那女人继续对警察说着,听上去胸中有不少火气要倾泻出来。

"您可以并,没说不可以,但是不能出问题,如果前边有足够的空间您并进来没和后车相撞,那没问题啊!"警察面对那女人的反问正面回答。

"那如果是你,你怎么做?"那女人显然听不进去警察讲的道理,依然在自己逻辑中越走越远。

"我可以从这里向右先开出去,然后再从前面绕到主路上来。"警察顺着那女人的思路清晰地回答道。

"你看看后边那些车,不也是这么并线的吗!"那女人想拉更多的人进来站在自己一方,以证明自己没错。

"那是他们没有出事故,出了也和您一样负全责。"警察并没有觉得那女人的话有何道理,一边看着后面的车一边答复着她。

"我就觉得你判得不合理,我的车大部分都进来了。我在交通队学交规的时候人家就这么讲的!"女人见警察不为所动,把法规搬了出来。

"学交规不在交通队学!"警察及时指出了对方明显的错误,听了让人有点忍俊不禁。

"不管在哪儿学,人家就是这么教的!"那女人意识到自己的话有漏洞,强词夺理地开始辩解。

"学车的时候谁这么教的我不知道,但是国家从来没有哪条规定说前车不管进去四分之三还是五分之四,后车就得让。从来没有这条规定。"警察继续给那女人讲解着。

那女人见理论不过警察,便扭头去了一边打起电话来。

"你给谁打电话呢?"

"我问一下我的朋友不行吗?他也是交警!"女人对自己的行为很有底气,以一副姐上边有人的气势大声反驳着。

"喂,李队长,咨询您点事,刚才……"女人在电话里把刚才的经过向电话另一端的人讲述了一遍。

"这的确是你的全责。"可能是环境噪声大,女人就把电话的声音也放得很大。我和警察与她的距离都不远,电话里"李队长"答复她的那句话也就都听到了。

最后,那女人还是在交通事故认定书上签了字,不过看上去很勉强,依然没有打心里认可自己该负的责任。

后来我给那女人打电话说约个时间修车的事,她在电话里对我说:"你当时不是说咱们各自修各自的吗?"

……

2022 年 8 月 18 日

挥手的保安

小区的门口有一个岗亭,里边有保安值岗,专门负责看管车辆出小区的闸门。

岗亭里保安们轮流值班,其实那个闸门是自动识别的,凡是在小区注册过的车辆只要开到摄像头前边,闸门就会自动打开,保安的职责应该只是负责有事情时能及时处理。

那几个保安在值守时都穿着保安服,应该是制服穿久了的缘故,再加上又是灰色,看上去并不威武庄严,都是很平凡的人。

闸门处是一个拐弯,车辆行驶到那里时都小心翼翼的,长的车辆甚至还要倒一把车才能安全通过。

那些保安我并不认识,不过对其中一个保安却印象深刻。

每一次开车经过闸门时,如果遇到那个保安在值班,他都会微笑着向我挥一挥手。每一次都是如此,这是其他保安所没有的,在我的印象中在小区外的其他地方遇到的保安也不曾有谁能做到这一点。

每一次见到那个保安时我也会在车里向他挥一挥手,我是心里带着一种暖流做出挥手的姿势的。记不清我们两人最初是谁先向对方挥手的,但是每一次在闸门处遇见都会向对方挥一挥。

至今我都不知道那个保安的个人信息,比如他的姓名、年龄、家乡,只约略能判断他的年龄有二十来岁,个头中等,体形偏瘦。

可以想象,他应该来自这个城市以外的某个并不富庶的地方,像很多保安一样,怀揣着改善生活的梦想来到了这个繁华的都市里谋生。

那一天我又开车经过闸门,那个保安还是像早已认识很久的老朋友一样又向我挥了挥手,脸上是熟悉的笑容,像见面时的招呼又像是离去的作别,我也如往常一样向他挥了挥手。

在回家的路上,那位保安挥手的形象一直盘旋在我的脑海中,让我好长一段时间都沉浸在一种小小的感动中。

在人际关系处处设防的当下,一个素昧平生的陌生人,以一个普通又简单的手势,拉近了与他人的距离,他做到了很多人所做不到的,从这一点上来说,他又不是一个平凡的人。

2022 年 8 月 20 日

五月槐花落

五月的一天,天气很好,有微风拂过,空气中飘着阵阵清香,万里无云。

我从一座商厦中出来,已近中午,见附近有一片绿荫,就走了过去。

在我的面前,慢慢地走着一个男生和一个女生,看上去像是一对情侣,不过两人只是并排走着,并没有亲昵的互动。

起初,我只当他们是普通的路人,并没有给予过多关注,而是越过他们继续向前走去。

我来到了一棵高大的洋槐树下,那里有一张空着的长条木椅,我准备在那上面闲坐一小会儿。

槐树上缀满了槐花,尽管槐树叶子已经很茂盛了,不过槐花们的存在还是让众花已落尽的五月散发着一种成熟又不失妩媚的魅力。

我刚在长椅上坐下,却见在一个小的丁字路口,男生停住了脚步,女生兀自一个人继续向前走来。

男生与女生之间并没有像正常情侣那般难舍难分的告别,甚至看不出他们之间有过语言上的交流。

这个时候,我隐约地察觉到男生和女生之间似乎有一些故事,于是便留意起来。

原本以为女生走出一段路后会回头看一眼男生,可是自始至终,那女生都没有回望一眼。

我连忙扭过头去看那男生,有二十六七岁的模样,上着一件藏青色T恤,下穿一条牛仔裤,脚上是一双休闲鞋,看上去是个俊朗的男生。

走远的女生穿着一件素雅的连衣裙，个头有一米六的样子，头发不长不短刚好垂在肩上，斜背着一个深色的包。

男生站在原地，视线一直停留在手机上，很长很长时间就在那儿站着，对于远去的女生并没有给予相应的关注，哪怕远望一眼。

最后，男生朝着和女生相反的方向走去，和那女生一样渐渐消失在我的视线里。

慢慢地，对于男生和女生的关系在我的心里有了一个大胆的猜测，他们是来相亲的。

男生和女生都已经到了谈婚论嫁的年龄，经人介绍，互相有了联系方式，两人约定在一个阳光明媚的上午见面。

两人各自精心打扮一番后，在约定的时间在商厦门口见面，见面后，内心里的失望多于最初的期望，最终各自离去，甚至没有坐下来喝上一杯咖啡。

正当我在胡思乱想之际，一阵风吹过，洋槐花纷纷从树上飘落，城市里又多了一种随处可见的凄美。

2023 年 5 月 3 日

从医之路

三十年前的那个夏天，我在家乡一所普通高中里读高三。

那时，大学于我来说是既万分向往又高不可攀的，而考不上大学回到乡下像父辈那样务农似乎才在情理之中，毕竟之前那么多年里四邻八乡还没有听说过谁家的子弟通过考上大学走出了那片土地。

在填报高考志愿时，班主任在教室的后墙上把全国的大专院校贴了整整一墙，对于绝大多数如我一样长到高三连县城都很少踏足的学生来说，那些高校的名字大部分都是第一次看到第一次听说。

姑且不论能不能考上，单就填报志愿一项对于一个十八九岁的学生来说，就是一道从来都没有学习过的艰难的选择题。

那个年代，金融、经济、计算机都是炙手可热的专业，对于考大学希望不大的我们来说，只能叹息着望其项背。其实，所有的专业对于我还有很多同学来说都很陌生，我们所熟悉的名词多数停留在语文英语数学几何物理化学上。

当我将填报志愿一事回家和父母商量时，作为乡村医生的父亲和只有小学文化水平的母亲对于外面世界的认识并不比我多多少，他们只是朴素地认为历朝历代做医生不会大富大贵却能衣食无忧，至少温饱无虞。

虽然父母只是建议，可是在没有更好的选择的情形下，听从父辈的建议也就顺理成章成了我的首选。于是，接连几个志愿我都选择了医学院校。

那时的医学院校，一流如北京大学医学部（原名：北京医科大学），尽管当时校门看上去朴实无华,却因其身在北京威名在外,让我这个布衣小辈望而却步;其次就是省内的山东医科大学(现改名为:山东大学齐鲁医学院),经过了解它是部属院校,至少在偌大的省内算是一流学府,将它作为第一志愿对于自己来说也算是"高攀"了;第二志愿我记得选的是青岛大学医学院,毕竟那里距离自己的家乡不算太远。记忆中潍坊医学院(现改名为:山东第二医科大学)也在志愿里面,不过三十年的时光已经将当年的很多记忆都带走了。

选择了院校后,还要选择专业。在那个年代,能够成为一名外科大夫,为病人开刀做手术,是万人敬仰的一份职业,所以我在选择专业时毅然决然地选择了"临床"。

那年高考考场设在著名的县城一中,那是一所每年都出北大清华学子的中学。我记得那是我长到十九岁第二次走进县城,第一次是在很小的时候,家里盖房子,父亲赶着借来的驴车去县城拉装饰外墙用的彩色石子,我跟着去了一趟。

那几天的高考经历,让我印象最深刻的事倒不是考试本身,而是一中的馒头特别好吃,又软又香,比我所在的高中的碱面馒头要强上十倍。

高考结束后大家回到高中各自收拾了一下书包行李就散了,绝大多数如我一样的农村孩子都返回了乡下,回归了庄稼青年的身份。

我们当然也在等待高考成绩公布,不过自我感觉考上的希望并不大,常年来大家都已经习惯了这样的结果。

有一天,正在田间地头顶着烈日劳作的我从开着东风卡车到处跑买卖的五叔那里得知我已经过了本科分数线,才慌忙中抛下锄头骑上自行车奔行二十多里路到高中查看自己的成绩,在高中的一面朝外的墙壁上写着大家的名字,那些名字被夏秋的风雨吹打过,很多地方都已经有些模糊,后来找到班主任反复确认后,才确信我已经过了本科分数线。

　　那个消息,对我对我的家人对整个村子都可算是石破天惊,那种满足感长久地氤氲在我的体内和四周,当然多少年后当我在城里真正工作了以后才发现城里的工作生活压力之大强度之高并不比乡下轻松,可是那个时候只是想着要远走高飞。

　　接下来就是从各个渠道搜寻各个高校的提档线,又经过了很多日子忐忑不安的等待后,最终知道自己过了山东医科大学(现改名为:山东大学齐鲁医学院)的分数线,可是美中不足的是在所选的专业上,因为分数略低了些,没有被"临床"专业录取,而是被调剂到了"口腔"系。

　　三十年前的那个初秋时节,我带上父母平日里节衣缩食为我积攒下来的盘缠,还有父老乡亲们资助的一些路费,背上母亲用新棉花缝制的被褥,踏上了西去济南的列车,正式开启了我的学医之路。

2023 年 8 月 19 日

离去的背影

单位里面一位女同事消失了一段时间,平日里大家都在一起工作经常见面,我以为她休假了,又过了一些日子,她还没有出现,接着便听说她退休了。

听到那位同事退休了的消息时,我感到有些突然,有些诧异,有一点不相信,似乎岁月还很长啊,怎么就突然退休了!

没过几天,单位为那位女同事举办了一个退休仪式,在楼道里见到她的时候,惊讶地发现没有着工装身着便装的她神采奕奕,全身散发着一种休闲从容的气息。

退休仪式结束后,女同事和大家挥了挥手离开了会场,望着她徐徐离去的背影,那一刻"退休"这个词又一次深深地摇动了我的心神。

在飞速发展急遽变化的现代社会体系里,每一个人都身不由己飞速转动着,就像一个永远不知疲倦的机械零件,一天一天,一月一月,一年一年,转啊转着。

其实,在年轻的时候,我们对于飞速旋转的那种状态是十分期盼的,不然就不会千军万马历尽千辛万苦也要挤过那座独木桥了。

可是,等到过了桥后,身份一转,很快就发现原来那种云淡风轻小桥流水的日子一去不复返了,每日面对的是纷繁芜杂的工作,是柴米油盐的日常,是上有老下有小的责任。

接下来,有一些年月,其实是不应该计入人生的,因为在那些日子里,基本上处于一种无感的状态中,对时间失去了知觉,对环境失去了知觉,甚至对于周边的人也失去了知觉。就在不知不觉中,步入中年。

人到中年后，对于生命的体验就来到了深水区，那是一个水已没到脖颈随时都有可能呛水甚至会沉入水底的时段，于是开始翘首以盼，盼望着早日能到达人生的另一个彼岸——退休。

不再朝九晚五，不再夜不能寐，不再三餐不饱，不再疲惫不堪。

期盼归期盼，有时候也会突然想到，尽管退休后拥有了更多自由，拥有了更多闲暇，可是退休也就意味着距离"老境"已经不远了。

自由过后会不会落寞，我还没有经历过，不得而知，可是道听途说中也了解到不少人退休以后会生出无所依附的剥离感。

人都是在被需求中感知到自己存在的价值，一个人如果不再被群体或社会需要，就没有了归属感，人的心神也就容易散了。

每个人，无论积攒了多少经验，无论学习了多少知识，都抗拒不了人生是一条单行线的自然规律，只有抵达了一个新的阶段后，才能真正体验出过去和未来的意义。

就在那天，那位女同事慢慢走出了我的视线，对于她来说，一定意义上，那一刻，她已经永远告别了曾经工作了几十年的单位，开启了退休后的生活。

我既期盼自己能够早日退休，过上她那样自由逍遥的生活，又对于自己的退休有一丝畏惧。

可是，我知道不管我是否乐意，就像以往的岁月一样，那一天总是来得很快，恍惚间可能就会到来。

2023 年 8 月 31 日

独处

清晨,街面上人来车往,人们都忙着奔向各自的目的地,有的去上学,有的去上班,有的去远方……

地铁里更是人头攒动,出出进进,熙熙攘攘。

从大街上到地铁里,在那段不长的时间里,遇到了很多人,有老有少,有男有女,全都素不相识。

每个人都走得全神贯注心无旁骛,尤其是地铁里,人们如过江之鲫,偌大的通道里,只有繁密的脚步声,除此之外一片静默。

行走在那些看似热闹的场景里,原本心情热烈的我,却突然有了一种荒凉感,而且越是人多的时候,那种荒凉感越重。

那时那刻,偌大的天地之间,我只是一个孤独的行走者,那些看似就在我身边,与我同处一个时空中的人们其实与我无关,他们也如我一样,只是匆匆的一个过客。

那时,我又想到了或远或近的亲人们,他们也会在清晨早早起来,有的去上学,有的去上班,有的去工作……和街面上地铁里的那些人们一样,都在各自忙着各自的事情。

所以,总的说来,那段时间里,其实只有我在和自己相处,由此扩展开来去想,一天中,一个月,一年,一辈子中,其实很多的时间里,我是和自己相处的,和其他人无关。

当然,我想,在这个世界上,和我一样的人会有不少吧!

2023 年 10 月 19 日

第四辑 生活趣事

袜子

袜子是用来保护脚的,可以避免至少是减轻鞋子对脚面的磨损,使双脚少受些皮肉之苦。当然,袜子也起着保护他人的效果,可以防止脚上的"仙气"飘入他人的鼻腔。

我对于穿袜子一事向来不大引以为意,总觉得袜子应该穿,作为一个现代文明人,倘若不穿袜子,似乎有一点点说不过去。可是仅仅止步于此,至于穿的形式与内容从未投入过多精力。

有一天,走路时总觉得袜子一直在向鞋里跑,过上一会儿就得乘人不备赶紧伏下身子往上拽一拽。如此三番后,最终把那双不愿意陪我行走人生之路的袜子悄悄丢进了垃圾桶。

过了些时日,同一个品牌的另一双袜子又犯了"前任"的老毛病,时不时就往鞋子里躲,白天就那样你进去我就把你拽出来一直僵持着,晚上回到家后忍无可忍便无须再忍,脱下来又要将其抛弃之际,突然发觉原来是穿反了。

袜子如果里面朝外外面朝里穿,就会导致穿上后走路的时候袜子一直往鞋子里出溜,我对于这一重大发现又是遗憾又是惊喜,遗憾的是错怪了那双被抛弃的袜子,惊喜的是自己也还算是个有心人,人到中年还能有如此重大的发现。

记得还有不少次,自己的双脚上同时搭配着不同品牌甚至不同颜色的袜子,在深入分析总结后,总结出原因大概是每个早晨起得早,尤其是冬季摸黑起床,再加之迷迷瞪瞪随手抓起一双便往脚上套,等到夜里回家时才发觉原来是混搭。

还有很多次,觉得袜子穿在脚上有点紧,还有点短,感觉勒脚脖子,后来回到家脱下来拿在手中反复端详,最终内心里起了不小的疑惑,这袜子怎么如此眼生呢！是自己的吗？不是?！唉,不是的可能性很大啊！

偶尔在商场里路过卖袜子的店面,看着那款式多样琳琅满目的袜子,总觉得穿袜子应该也是一门很深的学问,尽管它们多数情况下隐藏在幕后,不显山不露水,可是并不代表袜子不重要。

尽管如此,我还是没有太强大的意愿要在如何穿好袜子这件事情上投入太多的精力和时间,毕竟诸如把左右脚袜子换过来穿这样的事从来都不会引起他人的注意。

突然想起来了,鞋垫是分左右的,袜子难道也分左右吗？

2021 年 11 月 9 日

潮款发型

某一年冬天,我在一家酒店执行一项保障任务,腊月初进驻,第二年阴历的三月初结束,前后有三个月的时间与外界物理隔绝。

按照以往几十年的习俗,通常在腊月底会选一天理个发,道理和春节前家里需进行一场彻底的大扫除一样,辞旧迎新。

出于对队员们的关心关爱,组织上决定在大寒的前一天安排一名专业理发师给大家理发。从收到消息那一刻起,我就日思夜盼。

不巧的是就在我翘首以待之时,保障地点急需转场,我受命急赴新的一家酒店踏勘,就这样与那位理发师擦肩而过。

次日大寒,一场大雪在傍晚按照节气的预告如约降下。如果那天我返回到前一家酒店,还有机会把已经长如茅草的头发理一下,可是我却自己要求留在了新的保障酒店里,因为转场是一件大事,得有人在新的酒店接应。

到了新的保障酒店后,任务更加紧张繁重起来,多数日子里除了睡觉的几个小时,其他时间都在工作,头发长短也没人计较。

尽管头发也许会像植物一样在寒冷的冬季里生长得慢一些,不过看上去还是日渐茂盛,可是因为纪律的要求理发师一时半会指望不上了。

那些时日,望着几位同事那就跟剃度了一样锃明瓦亮的头颅,总忍不住投去无限羡慕的目光。可是羡慕不解决问题,指望别人也不是生存之道,于是我就尝试着自己动手。

我在出任务之前随身带了把电动剃须刀,那物件除了可以剃须,还有一个只要一按某一个按钮就可以弹起来的刀片,通常它是用来修鬓角的。

夜幕降临以后,沐浴更衣之前,我拿起了那把电动剃须刀,然后站到了浴室中的大镜子面前,把凡是用手能够得着的头发都修理了一番。

效果还是不错的,起码正面看上去人比以前年轻了点,尽管个别地方下手狠了点出现了凹凸不平的现象,好在总体上头发还是比较长,拢一拢就能给盖住,不那么显眼了。

以后的日子里,只要我发觉头发长得不能忍受了,就会去拿起那把剃须刀来对着镜子把那些看得见摸得着的头发剪上一通。

按照习俗,出了正月,尤其是二月二龙抬头的那天,是人们扎堆理发的日子。无奈我还在酒店中出任务,只能望洋兴叹。

好在凭借一手刮胡子的手艺和一把剃须刀,我没有放任头发无序生长。只是由于技艺还不纯熟,还是留下一点缺憾,就是头颅后面的头发由于鞭长莫及,只能任其疯长了。

就这样,在新的一年里,有好长一段日子我的发型都是一款从前面看长短适中,从后面看应该是几近长发及肩的状态。

后来想了想,自己用剃须刀在自己头上反复实验,终于创新研发的这一款既经济实用又便捷大方的发型,说不定会成为今年最潮的流行款式,姑且将其命名为"楚氏保障款"吧。

2022 年 3 月 7 日

网购

我很少网购,平常最多上去浏览一下,不会付诸实施,对于身边热衷于网购的现象一直不屑一顾。

近期在网上买了点商品,多是运动产品和书籍。运动产品里有几件是穿戴的,不过退换的概率偏高,主要因为尺码不合适。

随着网购商品变多,我发觉上网站浏览的频次有日渐增多的趋势,而且付诸行动的概率也越来越大。

倒不见得那些商品有多贵重,而是那种从有想法到最终到手全程浸入式的体验让我有种"上瘾"的感觉,这让我有所警觉起来。

于是,我开始思考当今社会网购成瘾背后的动因。

在物质越来越丰富的当下,各种服务于人的商品只有你想不到,没有商家做不到,而现代便捷的网络为商品的即时呈现提供了技术支撑。

"眼不见,心不烦",这句俗语用在人与物质之间的关系上也很合适。倘若看不见便不可能心动,可一旦看见了要做到无动于衷实在得有超人的定力不可。

世界上的事,就怕惦记。常在网上看,总会有让你动心的,况且尽管是在网上,给人一种远在天边近在眼前的虚幻感,实际上所有在网上呈现的样貌无一不是美化过的,无论是平面的还是三维动态的。

人的欲求总是无止境的,当发现有商品可以满足自己的欲望时,一场网上购物之旅便已开启。

也许因为有负罪感会推迟网购行动,但随着时间的推移,内心中对负罪的免疫力日渐增强,用不了几日,心理防线便悄悄消失于无形,款项也早已筹备妥当。

接下来可能就等一个借口：比如心情不佳想凭借网购调理一下；比如心情甚好，即便网购有点负罪感也可以凭借好的心情直接碾压过去……类似借口不胜枚举。

购物车是个不错的设置，如果看上某件商品就立即下单恐怕还有"败家"的嫌疑，可看上了却不立即就买心里就会坦然许多，先放一放再出手会觉得自己自律得近乎圣人。

终于决心下单了，在犹豫一下最终填写上几个阿拉伯数字之后，一块石头终于落了地，可是一场无尽的期待才刚刚开始。

下单后对于早日见到所购之物的那场期待并不亚于情窦初开要和心心念念的另一半约会的期待，总恨不得马上能够见面好一睹芳容。

那段时间多少有些魂不守舍，时不时地去悄悄察看一番还有多少时间多少距离就可以见面，那种悠悠长长的期待感不知道填补了多少心灵上的虚空，那种带有确定性的期许是别人很难给予的。

商品发出了，已经在路上朝着自己来了，越来越近了，明天就到了，快递员已经出发了……电话响了，飞快地奔向了大门口，终于到手了。

不知不觉中又习惯性地上了网，多么熟悉又亲切的网络啊！这个世界上能带给自己幸福感的事着实不多了，还好，有网购！比起"别的人"来靠谱多了，再去下单吧，我都等不及了！

2022 年 7 月 10 日

水煮肉

中午一家人出去吃饭,每个人都点一种自己喜欢的菜品,等松鼠桂鱼和清炒虾仁出现在菜单上后,我略加思索,要了一份水煮肉。

之所以要略加思索,是因为随着年龄的增加,在选择三餐时已经开始有所顾忌了,原先年轻时见山吃山见海吃海的豪迈渐渐让位给少油少盐的健康食谱。

这家餐馆是南方的一种还算有名的菜系,总体上口味不重,翻看菜单无意中发现还有一款辣味的水煮肉,有些出乎我的意料,看来为了招揽顾客,即便是有名的菜也不得不做出一些调整以迎合顾客的口味。

很快菜都上齐了。刚出锅的水煮肉热度很高,似乎还能看到盆子里有丝丝拉拉的油泡,在红光满盆的辣油中柔软嫩滑的牛肉片隐约可见,菜底是白菜和一些绿色的芹菜,青白相间的小葱点缀其间。

每一次水煮肉片出现在面前时,我都会本能地出现条件反射,尽管很多时候会故做镇静,看上去定力十足。每一次享用水煮肉时,脑海里总会浮现出很多年前一些和水煮肉结缘的画面。

二十多年前我还在故乡齐鲁大地上兜兜转转,对水煮肉还一无所知,根本就不知道人世间还有这样一道美味。等来到北京以后,认识了一位在四川上了很多年学的师兄,于是辣味十足的川菜渐渐走进了我的生活。

那时,我还单身刚刚能解决个人温饱,偶尔打个牙祭也是跟随集体外出聚餐时才能实现,有鱼有肉地在餐馆里撮一顿还是一件很奢侈的事情。

师兄比我大六岁，为人很谦和，把我当作自家兄弟一样。他在做课题时需要有人当助手，每一次叫我时，我都欣然前往，一来可以借着当助手的机会锻炼一下手艺，二来当天工作结束后师兄都会带着我去享用一顿美食。

每一次下餐馆时师兄都会点上几个经典的川菜，其中水煮肉算得上是出镜率比较高的一种。起初我对于满是红红的辣椒的水煮肉还犯嘀咕，可吃了没几次之后过一段时间没吃就开始惦记了。

那一天的水煮肉我没有直接从盆中夹着吃，而是先用一个勺子将肉片白菜和芹菜捞到盘子里，然后再一点点享用，最后将没有吃完的水煮肉连汤带水的打包带回了家。

晚饭时尽管餐桌上有好几个菜，可是最让我惦记的还是那份带回来的水煮肉，回了一下锅，里边又加了些白菜和肉片后，又美美地享用了一顿，就连一盘鸡柳中的肉片也让我一一抠了出来放进了水煮肉汤中，味道照样好。

好久没有吃水煮肉了，偶尔吃这么一回，已经淡忘的馋瘾又被勾了回来。第二天的饭桌上，我又在琢磨着是不是可以在网上订一份外卖水煮肉送到家里来。

2022 年 8 月 15 日

记诗本

家里的书橱中,在最低处的一个格子里有一个红色油纸封皮的记事本,那是我专门用来抒发青春时琐碎的情感的。

在平时的日子里,我很少会俯下身去翻那个格子里的书,一来费劲,二来那些书基本上都已读过,而且从内容上都是些写得算不上好的书。

那个本子就被我塞进那些书中,很靠里的位置,不显山不露水,如果不是刻意地去翻寻,很难发现它的存在。

有一天心血来潮,在书橱里这里翻翻那里又看看,好像是一位首长在检阅军队一般,来到书橱最低处那个格子面前时,无意中又发现了那个记事本。

好像是多年不曾见面的老朋友又相逢一样,我顺手把它取了出来,心里有一丝不安,然后,就躺在床上翻看起来。

我没有记日记的习惯,高中时代高强度的学习压力下也不许我花费哪怕少量时间记日记,但这并不妨碍我用其他方式释放一下青春的激情,比如"写诗"。

中学乃至后来大学时期,我对诗词的理解仅仅停留在对入选教科书的诗词能读部分会背的水平,对其中的音律了解很少,所以,所谓的写诗词基本上止步在把字数凑齐、多少还能押一点韵的阶段。

所以,当我又拿起那本记录了那些年用心写下的一些所谓的"诗词"时,读着读着脸就火辣辣地红了起来,太让人惭愧了,不但内容稚嫩得让人难为情,至于平仄押韵更是基本上不着边际。

一边翻看一边庆幸，幸好只有自己能接触到这本记诗本，过去没有示人以后也绝不能让它见人，甚至偶尔有想要付之一炬的念头。

　　不过现在回想起当年来，奇怪，那时怎么一点也不觉得难堪呢！而且记得当时还写得津津有味，甚至有些洋洋自得，其中有一篇还当着全班同学的面朗读过。

　　也许，这就是所谓的成长吧！每个人从过去到现在，从小到大，方方面面都在由浅入深渐渐变得成熟，但现在的成熟并不意味着否定过去。

　　如果用现在去否定过去，那么未来岂不是也要否定现在！如此说来，那干脆日子就不用过了。

　　翻了一遍后，我把那个记诗本又放回到了它原来的位置，如果不出意外，未来很长一段时间它又会像以往一样孤独地躲在那堆旧书中。

　　许多年后，当我已变得老朽，记忆已经所剩无几，偶尔再翻看那本记诗本时，或许它会帮我重新忆起年少时的自己，读着读着，说不定会老泪纵横。

2022 年 8 月 26 日

有鲠在喉

午饭买了一份椎骨肉,看了看还有鱼,记得以前吃过味道还不错,用手指了指柜台里的大鱼盘,服务员左手拿着小白盘右手持铲精挑细选将大小不等看上去分量刚合她心意的几块鱼端给了我。

望着一份肉一份鱼,单从量上感觉已经够了,可又觉得从平衡饮食的角度对不起自己,于是又要了一份油菜。在主食区要了一个馒头加一块玉米后,就走到一个空桌子上开始吃自己的午餐。

鱼看上去有点像鲟鱼,吃了几筷子后发现有不少刺,有的刺不但长还分叉,边吃边觉得有义务提醒自己应该小心一点,也许是想提醒这件事想多了的缘故分了神,突然感觉一块刺已经跑到嘴巴里开始扎舌头了。

那一瞬间,有过把嘴巴里的食团连带鱼刺像牛反刍一般一起倒出来的想法,不过最终没有做到"知行合一",带着一种"咽下去应该没有问题"的盲目自信硬是往下用力吞咽了几下,片刻间脑海里闪过北美棕狗熊站在大河中捕食逆流而上的大马哈鱼的情景,觉得自己与熊比起来应该能够胜出一筹。

当吞咽进行到第二下的时候我突然感觉悲观多于乐观了,因为明显觉得相对于那根刺来说嗓子的通道小了些,可是那时已清醒地意识到自己已没有了退路,只剩下硬着头皮前进了。

我认为路障既然已经没有办法移除,冲击一番不失为一种优选方法,于是我把目标放在了那又大又硬的骨头肉上,那看上去坚如磐石的肉团路过之处一定寸刺难留,那一刻我又坚信自己比狗熊要强一些。

很快肉团便执行起了我的"意志",连滚带爬地冲过了咽喉要道,战斗过后,方才那种明显的扎刺感的确减弱了不少,我于是又继续大鱼大肉地吃了起来,整个过程中一直怀揣一个信条:拿不掉就荡平它,馒头、玉米都成了我的得力工具。

午饭结束了,尽管我采取了坚持斗争到底坚决不投降的总体策略,可当硝烟散去咽部战场仍留下了难以挥去的创伤和不适感,不过我依然采取了从战略上"藐视敌人"从战术上也"藐视敌人"的方针,没有立即去投医。

之后为了清除咽部想象中的那根刺以减弱不适感,我相继又采用了像京剧演员吊嗓子般的飙高音,含一口水仰起头来像沸腾的泉眼一般漱口等方法,不过收效甚微,以至于我认识到自己应该学习棕熊的吞咽技巧,虚心讨教如何将鱼吞下而不让自己受伤。

晚上回到家后,咽部的不适感仍在,为求得些安慰我将午饭吃鱼的经过向家人倾诉了一番,家人受到惊吓急忙关切之余,纷纷出谋划策希望尽快解决这个问题,办法大致分为两类:一是喝酸醋将刺脱钙变软;二是尽快去看医生。

当一个人开始关注一件事情时,这件事可能因受到关注而超出事情原本的程度,当我觉得咽部好像有刺时,不管是否真的有刺,那种有刺的感觉就会真切地存在着。

又过了一天后,我愈发觉得咽部不时就有一种刺扎感,痛定思痛,最终痛下决心,去了医院——专业的事还是交给专业人士处理。

接诊的医生是一位很热情的小伙子,当我在一把特制的椅子上坐定后,医生头戴一面聚光镜手持一把大弯钳开始认真仔细地深入我的咽喉要道寻找了起来,经过一番探矿般的搜索,一无所获。

看来一般的检查手段难以解决我的问题,医生亮出了一种专门用来寻刺的喉镜,不过得先在咽喉部喷一些麻醉药,两人商定好了后决定立即实施喉镜下的寻刺方案。

医生右手拿着一个麻药喷雾器,左手捏一块纱布,站在我面前让我伸出舌头来,然后用纱布一下子捏住了我的舌头尖部往外拽着,紧接着喷雾器开始工作,顿时舌背以及后面的咽喉部开始变得麻酥酥起来。

过了一会儿,我被领进了另一个房间,在那里边我接受了专业的喉镜检查,照例医生把我的舌头先拽出来,然后嘱咐我交替发"啊""哝"两个音,医生的右手握着一根又细又长的金属喉镜伸入到了鱼刺可能隐藏的咽喉深部。

我一边或"啊"或"哝"地高声叫着,一边努力地将脑袋扭向与喉镜相连的电脑屏幕,希望能早点与医生一起分享胜利的喜悦。

整个舌的后背、左右两个扁桃体,就连两侧的梨窝子也仔细地找过了,我甚至能清晰地看到自己的声门随着我的叫声又开又关的样子,可最终仍然难觅鱼刺芳踪,不过也并非一无所获,在舌头的后背上发现了一块红色的条索状斑块,高度怀疑是鱼刺所为。

后来不轻言放弃的医生又拽着我的舌头认真仔细地把每一个角落都搜索了一遍,还把每个画面都一一拍照锁定了证据,可依然没有发现哪怕一小段鱼刺,最后医生只好给出了最终诊断:没有发现鱼刺。

尽管与发现鱼刺相比,没有找到鱼刺的诊断给患者的损害更小,可对于医患双方来说前者似乎是大家都更希望见到的局面。不过与到医院见医生之前相比,在告别医生之后,我心里踏实了不少。

在返家的途中,我收到了医生发来的一张图片,图片上有一根巨大的鱼刺高高矗立在咽部,尽管那阵仗看上去有点吓人,我却喜出望外,以为医生一定在复习我的喉镜录像时终于发现了那根鱼刺,正当我准备立即返回医院时接到医生的电话,电话中医生告诉我那是另一位患者的照片,发给我图片主要是想让我见识一下鱼刺扎在咽部的样子是可以清晰地在镜头里被捕捉到的,我的咽喉里没有找到鱼刺就是没有鱼刺并嘱咐我可以放心。

那一刻我又想起了被用来推平鱼刺的肉团、馒头、玉米们,想起了自己对付鱼刺的战略战术,还有北美的那些棕熊……

2022 年 10 月 31 日

腰带

有一根腰带已经"忠心耿耿"地陪伴我多年了，无论长短还是颜色都很适合我，我们俩彼此一直形影不离。

夏天来了，对于绝大多数人来说，得益于在热天里身体机能的全面恢复都会变得身宽体胖，对于我来说却因苦夏而走向了另一个方向——衣带渐宽。

由于走路时需要时不时提一提如京剧中玉带一般宽松的腰带，我决定在腰带上再打一个孔，可腰带好买打孔难办，寻寻觅觅总是寻不到打眼的地方。

有一天在一个街角处，无意中发现一个修鞋匠，灵机一动，寻思着修鞋的也是和皮子打交道，说不准能把腰带打孔这事办了。

来到鞋匠旁边，把腰带抽了出来递到他面前讲明来意，鞋匠不慌不忙，看上去对我这单生意的兴致不大，不怎么想揽我这个活。

尽管对鞋匠那慢悠悠的工作作风不怎么认同，可我对他身上透出的那股子乐天精神却很欣赏，再加上腰带打孔的地方实在不好找，于是对于自己需要的等待也就接受了。

我左手提着裤子，右手拎着腰带，站在一个人来人往的胡同口等鞋匠，还好周围都是陌生人，我的身上无论从哪个角度也看不出一丝贵族范儿，和那个环境简直浑然天成，丝毫都没有违和感，不会引起他人的关注。

等了好大一阵子，终于轮到我了。鞋匠在他那可以称为古董级的工具箱里翻来覆去地找了半天，摸出一个金属管样子的零件，然后在腰带上比画了两下,用锤子敲打了一番,孔打好了。

尽管那个新孔从形状上看和原来的有不小差距,可毕竟能使用了,终于不用再为每天频繁提裤子感到困扰了。尽管事不大,可解决起来却颇费周折,我连忙把腰带试了一下,比以前紧了许多,从此以后腰带又以一种感觉不到的方式陪伴着我。

好景不长,大约两个月后,正在上班的我突然又感到腰带松了,刚开始以为不会有大碍,仔细一检查才发现固定腰带头的一个螺丝已不知所终,腰带看上去处于一种"藕断丝连"随时就会"身首异处"的状态,可身边又没有备用的,于是整整一个下午,我不得不小心翼翼地走路!

晚上回到家后终于长舒了一口气,接下来开始翻箱倒柜的找腰带,记忆中应该还有一条备用的,可找来找去一无所获,很多东西都是这样,想要急用了怎么都找不着,不去找了过段时间自己就出来了。

最终决定尽快网购一条新的,在新的到货之前先用家里老人的一条旧的将就着。订单下了后,很快接到了腰带老板打来的电话,老板问了一下我的年龄,然后又问我的腰围和身高,年龄和身高我都一五一十告诉了老板,可腰围平时也不怎么量,支支吾吾没有给老板一个准确的回答。

尽管已经订了新的,可是对于旧的我却不舍得扔掉,还是想着能找个地方修一修固定上一个螺丝继续用,于是我把这个光荣的任务交给了爱人,同时为她指明一个方向,在小区里有一个修理自行车的地儿。

第二天下班后,爱人就把修理过的腰带呈现在了我的面前,我喜出望外,拿在手里一看禁不住暗暗吃了一惊,只见腰带原来的螺丝孔处赫然多了一个高高的金属螺丝,螺丝的长度少说高出腰带有七八毫米,牢固程度倒是很好,可裤腰上猛然多出一个长螺丝来,想想都有些扎得慌,要是系上它,恐怕从此以后再也没人敢和我拥抱了。

我知道让一个修理自行车的修理腰带,的确有些难为他了,看上去他已经尽力了。拿着腰带端详了好大一会儿,我觉得不能就此放弃它。第二天我带着腰带到了单位,用高速的涡轮机将那凸出来的螺丝还有部分螺帽全部切割掉,后来又用砂纸反复地打磨抛光,拿在手里再一看,牛皮腰带配上一个明晃晃的几乎和腰带表面一样平整的金属螺丝,比原来的腰带更显出一种原始粗犷的范儿,回到家里众人看后纷纷点头称奇。

没过几天新的腰带也到了,拆开后往身上一穿,才发现老板明显高估了我的肚腩,即便是使用最里面的一个孔,在腰带和我的腹部之间还可以放进去一个拳头,于是又不得不面对要在新腰带上打孔的难题。

腰带老板一定把我当成了一位大腹便便的油腻大叔了,谁让我没有告诉人家准确的腰围呢!因为旧腰带已经修理好了,要再拿着一个新腰带去那个街头找那位鞋匠打眼又觉得不值得,左右为难之际突然灵机一动,说不定网上有专业的打孔机。我在网上一搜索,果不其然还真有。于是赶紧下单,订购了一台。

很快打孔机到家,等到用新的打孔机在新的腰带上打好了一个新的孔后,我觉得买了一个打孔机就仅仅在腰带上打了一个孔,而且以后很长的日子里都不会再用到它,很是惋惜!于是手里拿着打孔机在家里四处打量,琢磨着哪些地方可以再用一下。找来找去也没有它的用武之处,只好把它收进了抽屉里。

如今我有一条新的腰带,还有一条修旧如新的腰带,再加上那个腰带打孔机,有了它们,在未来的很多年里无论自己变得大腹便便还是衣带渐宽,应该都能够应付自如了。

2022 年 10 月 20 日

冰上童年

天寒地冻的日子里,我路过一条河,河上结了冰,很多人正在冰上玩耍。

冰面上每隔几十米就有一个小贩,有的是一个人,有的是夫妻俩,他们的面前整整齐齐地摆着一些冰车。

冰车有单座的,也有双人座的,后者居多。冰车看上去制作简单,就是一个大号马扎,不过腿都是金属管做的,不是左右向而是前后向排列,而且都是焊住的不能随便合拢。

人坐到冰车上去,老板再给每个人两根尖尖的铁钎子,铁钎子用力地杵在冰面上向后用力,冰车就会向前滑去。

每租一辆冰车一百元,玩的时间不限。出租冰车的生意很好,冰上来来往往的都是冰车,多数是大人陪着孩子玩,但冰上也不乏一些老人的身影。

冰上的一幕让我记起小时候的冬天。

村子里没有城里那样的大河,只有几个水湾。隆冬的北风吹过,湾里结了冰。

一个人小心翼翼地到湾里的冰面上试探一番,有时会就近寻几块大石头用力地投向冰面,确认可以承重了后,大家伙便放开了胆子,一个又一个地上去玩耍起来。

有的就是简单地在冰上溜来溜去,乐此不疲;有的是几个人排成一列,后面的人抓住前面人的衣服,最前面的人站着,像个火车头,拉着一串小孩往前滑。

更多的时候，大家都在冰上玩陀螺。陀螺有木头做的，也有金属做的，木头做的往往在中心处点上一个红点，转起来更酷些。

小孩子们求胜心很强，往往相互比赛看谁的陀螺一鞭子下去转得更长久，输了的过几天又带回来一个新的陀螺找上次的赢家继续比赛。

每一天，大家在冰面上玩得都很晚，一直到实在看不清陀螺了才恋恋不舍地离去，这时候村子里往往会传来大人们叫孩子们回家的呼唤声。

不管是乡下还是城里，冬季的太阳都落得早，玩耍时的时光又特别容易流逝，很快暮色苍茫倦鸟归巢，冰上的人渐渐地都散了。

几十年后，当冰上的孩子们步入成年，对时光有了更多的理解后，或许在某个冬季里路过那结冰的河时，也会像我一样怀念起他们的冰上童年吧？

2023 年 1 月 2 日

故乡的呼唤

岁末年尾,远处那个生我养我的地方又一次次出现在我的脑海里,除了对那片土地的想念,还有一种身不由己的惆怅。

上一次回到故乡的确切时间已经记不清晰了,至少已经有四年之久。

尽管往回看似乎眨眼之间,可是对于一个每过一年都要引起一阵"心慌"的中年人来说,这么长的一段时间已经可以纳入到岁月的范畴了。

曾经年迈的那些人,想必已经更加苍老,有些恐怕再也无法谋面。当时的年轻人,十有八九已经成家立业,儿女绕膝,故乡的风雨恐怕已经带走了他们年轻的容颜。那些原本就陌生的小孩子们不用想也知道肯定已经长大了很多,能认出的已经很少了。

当年我从故乡走出后,随着时间的推移,越发感念生我养我的那片土地。和那些自始至终都在城市中生长的人相比,如果说在最初的那些年月里还有些自卑,现在我的精神深处却有了一种幸运和自豪感。

有乡土生活做生命背景的人,每走一步都是在前进,永远都不会惧怕失去,每一点滴的收获都会带来一种成就和幸福感,总会觉得生活给予的永远多于失去。

每年的年底我都会畅想那条足有千里之遥的归途,从始发到抵达,全程都充满了一种精神上的皈依感,那是永远都没有走出过故乡的人很难体会的。

尽管故乡里熟悉的面孔越来越少,可是总觉得内心深处还是忘不了也离不开那片土地,那片土地依然远远地在向我招手,希望我能早点回去。

每个人在年轻时都拼命地向往长大,等真的长大成家立业后,却发现已经在不知不觉中陷进了一个无形的网中,很难来去自由。所以尽管假期再一次给了我返回故乡的机会,我依然只能在千里之外,像许多个"往年"一样只能畅想一下远方的那片土地,回味一下当年的欢乐。

今年年底我依然不能返回故乡,只能再等来年了。一年的时间,运转起来后会感觉很短,短的让人心慌,有时却又很长,伴随着遥远又漫长的等待。

等下一个岁末年尾到来时,我和故乡已经分别足足有五年的时光了。五年,已经有些太久了。此时此刻,想到踏不上的归途,我的耳畔分明又响起了故乡声声的呼唤。

2023 年 1 月 7 日

第三百六十五天

岁末年尾,我在一年的最后一天,也就是一年的第三百六十五天,特别想自己一个人在一个安静的地方待上一会儿。

一间办公室,一个小角落,空间不要太大,只要能容身,无人能打扰就可以了。

在那里,最好是坐着,不能躺着,躺着尽管更有利于休息,可是太放松了思想上就会松懈,难以达到思索的效果,而且对过往的自己不公平。

坐着,是一种尊重的姿态,可以长时间不中断,站着也不可取,那样会因为难以维持而打扰自己。

就那样坐在一把椅子上,也可以是沙发上,回想过去一年中自己的所作所为,先不去评价,只是简单地回顾。

再想一想和时间有关的元素,比如四季,比如年龄,比如这一年在历史长河中的维度,还有未来最大程度上还可以度过的岁月。

可以没有茶水,因为无论是喝茶还是续茶都会破坏那份安静,更不要有烟酒,所有刺激性的物质都会让人舍本逐末。

想到做得圆满的事会很自然地体会到幸福,想到该做而没有做的事会感到遗憾,但不要过多自责,把它留给来年弥补。

想一想那些一直陪伴自己多年的人,也想一想那些新走进自己生命中的人,无论是好人还是恶人,无论是自己对不住的还是对不住自己的都可以去想一想。

在那段独处的时间里,想到高兴的地方可以会心地微笑,想到伤心的地方可以默默地流泪,因为只有自己,可以不用顾及他人。

....

那一天,像即将过去的一年中其他的三百六十四天一样,很快就过去了,我却始终没有能够留出那样一段时间,也没有找到那样一个地方。

2023 年 1 月 20 日

油泼鱼

依山傍水有一家饭馆,以前去过一次,那时秋意正浓,漫山红叶,白露为霜,而现在正值隆冬,寒风凛冽,冰雪未融。

饭馆虽小,只有五六张桌子,等候的客人却不少,有的人在前台留了电话排上队后就出去继续赏景打发时间了。

我也在前台留了电话,不过人却没离开,前边等候的人不多,为了有一个好的座位等一会儿也是值得的。

果不其然,并没有等太久,临窗的一张桌子就空了出来,在那张桌子上用餐,一大好处便是窗外的风景一览无余。

菜单上是熟悉的菜品,有一道菜上次来让我印象深刻,叫作古法油泼鱼。就是把鱼先烤好,连同豆芽油菜白菜等菜蔬一并放入一个长方形的铁盘中,下方有固态酒精继续加热,整体上味道偏向微辣。这一次我还点了它,尽管又点了其他几道菜,不言而喻,它们都是被当作辅菜的。

在等着上菜的工夫,向着窗外看了看,与饭馆紧挨着的是一条河,河已结冰,冰上有雪,河对岸有座三孔桥,桥那边就是山,太阳从山的另一边照射过来,山上有残雪依稀可辨。

不大一会儿工夫,鱼就上来了,等盘子里的汤咕嘟咕嘟泛起了热水泡,一家人便开始了一顿久违的美餐。

鱼和菜由于浸泡在热汤里,都已经入了味,而且时间越久,味道越醇厚,于是越吃越上瘾,最后把窗外的风景都晾在了一边。

当朝上的一面鱼肉从视野里消失以后,一副鱼骨架赫然出现在视野里。以往,我从不会去打那几乎没有了丁点儿肉的鱼骨的主意,可是那一天突然觉得弃之有点可惜,品尝一下也未尝不可。

兴许是汤热味浓的缘故,当鱼骨入口后我用心地咂摸了一下,觉得和鱼肉相比,鱼骨自是别有一番滋味在其中,于是,接下来两架鱼骨全顺理成章地成了我独享的美味。

在仔细品味鱼骨的那段时间里,我的脑海里不时地闪过父亲的身影,以往的那些年月里,每当一起吃鱼的时候,他总是不舍得把鱼骨直接扔掉,而是捡到自己的盘子里,还吃得津津有味,对于鱼肉他反而有些看不上,都留给了我们。

那天,坐在对面的孩子对于油泼鱼也情有独钟,年纪尚小的他在享用鱼时理所当然地选择了鱼肉,鱼骨对他来说似乎本就是不该食用之物,正如当年年少的我。

那顿饭后我对于父亲这个角色,对于人世间父与子的关系又有了更多一些理解。一个人在餐桌上,当他主动把孩子不会食用的饭菜夹到自己的餐盘里,比如那鱼盘里的鱼骨,或许才算真正进入了父亲的角色,也才会懂得了自己的父亲,在走向成熟的阶梯上又迈进了一步。

餐后走出那家饭馆,向四周望了望,想到若干天前大雪纷飞的时刻,是每个人都喜欢的、最美丽的,不过对于眼前这残雪的景致,想必并不是每个人都喜欢或者懂得去欣赏的。

只有那些到了上有老下有小的年龄的人,才会觉得不仅仅下雪时的那一刻是美丽的,也会觉得风雪过后那山上那桥上那冰河上残留的积雪织就的风景依然是美不胜收的吧!

2023 年 1 月 29 日

雨衣

那天,我们到达一个著名景点的时候已经接近中午,内设的停车场已经没有了停车位,好在景区门口的对面还有一个停车楼。

停车楼总共有三层,下面两层都满了,三层还有一些空位,游客们开着车一辆接一辆上了三层。

找了一个停车位刚停下车,径直走过来一个男子,看上去有二十来岁,背着一个黑色背包,手里拿着什么。

走近了,男子说:"买件雨衣吧,里边要四十五一件,我这儿十五。"

每逢在景区遇到推销的我都很抵触,主要是那种陌生人带来的侵入性的商业关系侵占了我原本休闲漫游的自由心境。可景区里有诸如漂流一类的水上项目,如果没有雨衣类的雨具,衣服鞋子就会被打湿,这一次出行前做准备时没有考虑到这些。眼前的男子,看上去不像顽劣之人,一边反复说着景区里的伞如何贵,一边手里递过来三个小塑料袋,每个袋里有一件黄色雨衣,那雨衣轻薄得用手就能撕开。

根据以往的经验,通常来说景区里边的商品比外边的要贵些,如果是确有需要,在外边买好会更划算。看着男子那一直不曾撤下的手,再想了想总价不算多,要是能讲下些价来,买了也无妨,于是,我问男子十元一件卖不卖。

男子脸上略一犹豫后,还是爽快地答应了,于是交了三十元买了三件。男子收了款后又连忙去招呼其他新上来的车主了。

毕竟了了一桩事,想想一会儿如果玩水上项目就不用担心淋湿了,自己感觉还是挺值的。

来到楼下,顺着如织的人流来到了停车场的出口处,迎面便是景区的大门,就在那一刻,看见一位妇人也正在竭力地推销雨衣。

只见那妇人手里拿着同款黄色雨衣,大声地吆喝着:"里边一件要四十五呢,我的一件五块,一件五块……"

2023 年 5 月 2 日

地铁偶记

要去机场送人,这一天我起得很早。

机场在遥远的城南,和开车相比,乘坐地铁更经济便捷一些。

匆匆赶到地铁站,长长的入口通道里只有我一个乘客。

在安检门处,一位女警员拿着安检设备立在门里边,我把背包放进安检机上后,像往常一样若无其事地走进门里。

以往安检员用手持探测器对我例行安检无事后就直接放行了,这一次女警员见我走近后却先问了一句话:"是去知春里吗?"

面对着来自眼前这位女警员突然多出来的问话,我先是有些惊讶,接着便由衷地多出一番感慨,地铁服务真是越来越好了!

原本早起带来的困乏感,因为那位女警员的一句问候一扫而光。

地铁大厅里乘客稀少,走到地铁站点表前仔细数了数,三站后应该在牡丹园站换乘另一辆开往机场的地铁。

过了一会儿,一辆地铁缓缓驶进站里。进了车厢随便找了一个座位坐定后想起早上还有几条工作信息没有处理,便拿出手机工作起来。

不一会儿,我隐约觉得地铁停了下来,抬头一看,发觉自己坐过了一站,于是立即下车朝着对面站台奔去,盘算着只要再往回坐一站就好,不会耽误多少时间。

在对面站台上等了一会儿也不见地铁驶来,心里正纳闷之际,大厅里突然响起了话务员的声音:"开往牡丹园的第一班地铁将在六点抵达。"

我匆忙看了看时间,要等第一班地铁还要二十分钟。

那一刻,我才明白过来那位女警员的问候。

2023 年 5 月 10 日

挖鱼

湖的岸边处,水清且浅,水草乱石丛中有很多小鱼出没,那是大人和孩子们都钟爱的地方。

老的带着小的,手里握着渔网提着小水桶在湖边寻觅着小鱼小虾的踪影,不爱冒险的女人们都在岸上的柳树下乘凉观景。

安好营扎好寨后,我也带着孩子拿上渔网来到了一方浅滩处。水不算深,近处深可及膝,水底淤泥杂草丛生,远处尽是荷花,深不可测。

仔细望去,水中有一种通体透明的小鱼,成群结队游来游去,身手极为敏捷,对于人类异常警觉,稍一靠近便像梭子一般向远方飞去。

我们的网是那种白色的小渔网,不但长度有限,而且在水中颜色过于醒目,往往还没近身,鱼儿已受到惊吓远遁。

尝试着捕捞几番未果后,我渐渐失去信心,只能在岸边望鱼兴叹。好在水中的鱼并不仅仅是那种透明的,还有一种脑袋大些身子小些的鱼。

大脑袋鱼不像透明鱼那般好动,它们喜欢趴在岸边的浅水处,有时躲在石堆中,而且行动相对迟缓。

相中目标后,我和孩子分工合作,我选取了一块狭窄地带张网以待,孩子作势驱赶大脑袋鱼,最后终于有所斩获,矿泉水瓶中多了几尾大脑袋鱼。

尽管收获了几尾鱼儿,不过每次捕捞都颇费周折,而且成功的概率还是极低,于是就想设计一些更好的方法以提高效果。

最终想到了挖渠,在岸边上利用泥砂顽石建造出一条水渠来,水渠与湖相通,另一端堵住,只要鱼儿一入渠便进了口袋阵。

  定好工程计划后我们就着手行动起来,工具是手和石块,遇砂挖出遇石搬起,很快一条约半米宽的水渠便初具规模。

  筑渠搅起的泥沙浑浊了水质,那时我倒是记起了"浑水摸鱼"一说,可是用渔网往水里划拉了几番后却一无所获,也明白了想要"浑水摸鱼"绝非易事。

  等水渠基本完工后,太阳已当头高高升起,暑热难耐,鱼儿们也都早已潜伏在水底难寻踪迹,于是我们只好弃渠而去。

  尽管那天挖渠捕鱼的最终目标没有达成,却在那挖捕的过程中让孩子体验到了童年的乐趣,自己也重回了一次童年。

  那一天,我们在一个小小的湖里用力地挖呀挖,挖了几条小小的大头鱼儿用矿泉水瓶子带回了家。

2023 年 6 月 19 日

风雨过后

清晨,有微风拂过,空中还有零星的雨滴落下,地面上遍布着大小不一的水洼,水洼里倒映着树木和天空的影子。

我来到风雨过后的大街上,四处寻觅不见单车的身影,徒步走了一段路后,终于发现了一辆,走上前去却发现车座上湿漉漉的有一层雨水。

幸运的是我翻遍了书包后发现了一包纸巾,擦去车座上的雨水后,骑着单车向着地铁的方向而去。

路上有早起的清洁工人正在清扫路面上的积水和被风雨打落的枯枝败叶,路上的行人和车辆渐渐多了起来。

一场风雨,总会给世界带来很多变数,至少会给人的出行带来不便,不过任何一件事情都有两个方面,风雨过后,空气清新了许多,暑热退却了很多。

尽管气象台会提前预告风和雨的行踪,不过对于一个普通百姓来说,依然不知道那风和雨来自哪里,只能遥想在东边有一个太平洋,在西面有一座喜马拉雅山。

世间的风雨总是有的,不管是来自东边还是来自西边,渺小的人类所能做的只能是隐约地知道风和雨会来,对于风和雨的诞生却无能为力。

昨夜的风雨,趁着我在睡梦中的时候,光顾了我的世界,尽管它给我的出行带来了一些不便,不过风雨过后,我却体会到了凉爽清新,还有很久都没有体验过的轻松和惬意。

2023 年 7 月 12 日

海滩之夜

一个在半岛内陆上生土长的人,对于海有一种天然的向往。

时隔五年之久,当我再一次走近大海时,内心的喜悦依然情不自禁。

海还是那样的辽阔,和天空浑然一体,让身临其境的人骤然察觉到自己的渺小和平凡,如果不是有很多同类和自己同处一片海域,在渺小和平凡之外,应该还会多一些无助感。

如果说白天的海熙熙攘攘,夜幕四合之后,随着游玩过后困乏的人们纷纷回归住处,海边安静了许多。

晚饭过后已是夜深时分,有些疲惫的我本想回到宾馆早点休息,可架不住孩子非要去赶海的纠缠,于是一家人带着铲子长钳一众工具又来到了海滩上,出发前我灵机一动把一条瑜伽垫带在了身上。

夜里的海滩上,游客稀稀落落,海已经开始退潮。那天是农历的月末,月亮躲到了地球的另一边。

举目四望,海上有星星点点的灯火,远处的海滨路流光四溢,透迤出一种旷远恍惚的境界。

退潮刚刚开启,加上夜色深邃,想要借着微弱的灯光寻找遗落在沙滩上的海物谈何容易!好在沙滩本身就是一个偌大的玩伴,孩子乐在其中。

那时的我展开垫子,在海滩上躺了下来,最想做的是望一望夜空,听一听大海。

尽管天上有云,只是稀稀落落,有星星点缀其间,隐约觉得那上面也是一个世界,每一颗星星每一片云都各得其所,平时聚在一起玩乐,累了各自回家。

海浪随着潮汐一阵阵涌起又退去,大海便有了自己独到的声音。

起初,我是脚向大海,以为风从海上吹来,能让我感受到更多海的气息,后来调整了躺平的姿势,把头冲向了大海,那样感觉距离海更近,大海的声音也更加清晰真切。

在那夜晚的海的声音中,我觉得世界变得安静了,随之而来的,是我的内心也安静了下来。

夜深了,再温软舒适的海滩也不能过夜,于是再三招呼孩子才说服他动身离开。

离开的那一刻是有些遗憾的,毕竟是我们以赶海的名义来的,离去时却空手而归,只能凭借想象亲近一下那些虾兵蟹将。

正当我们赤着双脚走在还带着白天余温的沙滩上时,一个小小的身影在跟前快速掠过,作为一个内陆人首先想到的可能是一条蜥蜴,再一看那身影似乎是横行的模样,瞬间惊喜地尖叫了起来。

于是全体出动,在沙滩上展开了一场势不均力不敌的追逐,很快在灯光的照耀下,一只小小的螃蟹赫然出现在视野里。

那只小螃蟹终结了一家人赶了一次海却一无所获的遗憾,在最后的时刻挽救了一家人美好的心情,使得那夜的海滩之行圆满收官。

2023 年 7 月 20 日

找座位

下班后我像平常一样进入地铁,因为回家的路途不近,心里暗暗期待着进入车厢后能很快找到一个空座。

事与愿违,车厢里人头攒动,就连车门口处都站满了人。

我知道如果停留在门口的地方,这一趟行程就不可能有座可坐了,左右观望了一下后,借道来到一排座椅前。

地铁里的座椅通常每六个人一排,我面前的座椅上坐着五个男的一个女的。我观察了一下,他们每个人都在聚精会神地看着手机,丝毫看不出要下车的迹象,又向背后的座椅看了看,也全坐满了人。

等等吧!我心里暗想。

就在我做好了要就此一路站下去的心理准备时,下一站到了。突然我身后的座椅处传来一阵异响,有两个身影从座椅上站了起来。还没等我反应过来,空下来的两个座位就有人坐了上去。

如果这样被动地等下去真不是个办法!我暗想。

看来想要在短时间里就近找一个空座位比较难了,于是我将目光投向了远一点的地方。

一个寸头男士在车门另一侧座椅的一端坐着,不过看上去总时不时抬头看一下车门上方的电子站台表,给人一种似乎快要下车了的强烈印象。

看了看身前都还在忙着看手机的五位车友,我毅然离开他们到了那位寸头男士的旁边,因为看他那神不守舍的样子,应该一直在盘算着随时下车。

下一站很快到了,只见身旁的寸头男士又抬头望了望电子站台表,不过遗憾的是他并没有起身,原本升起的希望瞬间破灭了。

地铁很快又来到了下一站,不过四周都没有下车的人。

我向四周又观望了一番,没有看出有人有要下车的意思,于是只好乖乖地继续在不断观望着电子站台表的男士身边站着。

地铁行驶得很快,不到两分钟又到了下一站。

正在我暗自期待着身前的寸头男士能下车我好坐下来时,只见寸头男士却低下头看起了手机视频。

看上去这一站又没有希望了!我暗想。

失望之际,和寸头男士同一排座椅相邻的位置上,突然有两个人起身。真是意外之喜,我赶紧就近坐在了一个空座上,紧挨着寸头男士坐了下来。

我仔细回忆了一下刚才两位起身离去的人,他们并没有低头玩手机,也没有四处观望,看上去很安静的样子。

看来,没有只顾着低头玩手机,也不四处观望的人,可能才是最容易很快下车的人啊!我暗想。

后来,那个寸头男士,一直在第七站的时候才下车。

车厢里总是对着电子站台表观望的人,可能是人生地不熟才这样的啊!

我暗想。

2023 年 8 月 23 日

多走一段路

从家到最近的地铁口有一段路,不开车上班的日子我会就近找一辆共享单车骑过去。

由于骑行的人很多,不同的公司都争抢地盘,在地铁口的附近共享单车总是车多为患,想找一个空地规规矩矩地放下单车往往不是一件容易的事。

以前每次骑到地铁口的时候,总是要花费一些时间才能将单车放下,很多时候根本谈不上停放好。

有一天,我照例骑着单车来到了地铁口附近,像往常一样,长长的林荫道上都摆满了单车,还有不少看上去没有空位可放,干脆停在了骑行道上。

实在没有地方停放单车了,干脆就骑着继续往前走看看吧,过去了大约几十米的地方,我突然发现在地铁入口的背面也停放着不少单车,不过排列得相对整齐,而且还有一点空间可以让我的单车放进去,摆放的路径也算通畅。

那天,和往常相比,很容易地就把单车停放好了。

有了那次的经验,在以后的日子里,每逢骑着单车去地铁站,我都会多骑行一段路去远一点的地方停放单车,大多数的日子里,还都能找到停放的地方,至少比在靠近地铁口的地方停放方便多了。

每次在多骑行了那段路停放下单车后,我要再往回走几步路,然后进入地铁的入口。由于是骑着过去,那几十米的路并没有用去我很多时间,而且省去了以往花费心思寻找存放空间的时间,感觉整体上反而节省了一些时间,还有一点就是骑行的体验好了很多。

  有时候,我们认准了一个目标,感觉直达目的地是最省时最省力,效率最高的方式,可是,有时候,多走一段路到远一点的地方看看,再返回来,说不定能更快地抵达目的地,正如我那段在地铁站停放共享单车的经历。

2023 年 9 月 1 日

钓蟹

秋天,正是河蟹肥美的季节。

听说城边有一片湿地,外地人租下建成一个垂钓园,除了鱼塘,还有一些蟹塘。

湿地很广阔,一派乡村模样,一边走一边问路,终于找到了那片蟹塘。

接待我们的是一位六十开外农民模样的老汉,有一点驼背,脸庞是那种久经风吹日晒后又黑又瘦的样子,看上去很和善。

他带我们来到一片蟹塘旁边,一一介绍不同蟹塘的用途和价位。

"这个塘,138 元一斤,不限时间。"老汉指着一个清澈见底的蟹塘对我们说。

那个塘底爬满了螃蟹,看上去个头还不小,有一些不安分的还爬出水面贴着墙壁横行着。

"这个是限时的,一小时 118 元,随便钓,如果一小时内没有钓够 2 斤,会补足差额,如果超了 2 斤,不再计费。"老汉领我们来到另一个盛满浑水根本看不到水底的蟹塘旁介绍道。

听完老汉的介绍,我们一家最终选择了"开盲盒",浑水钓蟹。

在前台交了 200 元押金,领了钓竿和一块鱼肉饵,我们来到了浑水的鱼塘边。

塘边有几只蟹正努力爬出水面,早就被我们盯上了。钓钩线有一米多长,鱼肉饵在线的尖端,对于钓那些蟹来说并不方便。我灵机一动,把那肉饵直接拴在竿的顶端,伏下身子直直地冲着那蟹递了过去。

那蟹见有异物在眼前晃来晃去，不知是受了惊吓还是急于捕获那鱼肉，慌乱中一下子从壁上掉了下来没入水中不见了。

正当我们一筹莫展不知如何钓到蟹时，一个老板模样的中年男人冲我们走了过来。

"看你们还不会钓，教一教你们啊。"好心的老板从我们的挫折中看出了我们还是新手，热心地要接过钓竿。

老板先把竿头上拴着的鱼饵解了下来，恢复了原状，然后把鱼饵向着塘边处一甩，鱼饵由于重力的作用慢慢向水底沉去。

我们一家都屏着呼吸密切关注着老板的一举一动，只见他不紧不慢地耐心等了一小会儿，那原本垂直的钓线逐渐倾斜了起来，看上去像被什么拖着向远处走去。

老板见状慢慢将钓线提了起来，一边提一边让我们拿网兜。我赶紧将一根顶端有个网兜的长长的竿子擎在了手中。

随着鱼饵渐渐浮出水面，只见一只螃蟹正抱着鱼肉手舞足蹈、大快朵颐，大家都忍不住惊呼起来，我也连忙将手中的网向着那螃蟹伸去，很快那螃蟹便被我们收入网中。

有了老板的演示，我们全有了信心。接下来，我们先进行了分工，我负责钓，孩子负责用网兜接应，一只又一只螃蟹被我们收入囊中。

过了一会儿，老汉出现在了我们面前，应该是想看看我们的战况如何，当他看到桶中已有十来只螃蟹后，有些诧异。

"这得有一斤多了！"老汉离开时喃喃自语道。

随着更多的螃蟹被钓了上来，我们的技术越来越娴熟，配合得也越来越默契，一只接着一只，我们大喜过望。

后来老汉又来视察了两次。"要都像你们这个钓法，老板就亏大发了！"老汉开着玩笑看上去有些无奈地说。

一个小时说快也快，当我们兴高采烈地提着一桶螃蟹来到老板面前过秤时,老板一边退我们押金差额一边问了一下老汉螃蟹的重量。

"三斤七两!"老汉有些不情愿又有些好像做错了什么似的报了斤两,一边报数一边用塑料袋把螃蟹包好了递给我们。

"今天,我们可给你们招揽了好几个客户啊!"的确,在我们钓螃蟹期间,有好几拨人来了解过情况,见到我们一只又一只地把螃蟹钓了上来,也想尝试一番,后来也加入了钓蟹队伍之中。

我之所以那样说,也是想让老板和老汉的心情好一些,不会因为我们的超常发挥而难过。

"改天我们再来啊!"我们兴致勃勃地告别了老板和老汉,满载而归,急着回家煮螃蟹去了。

2023 年 8 月 17 日

苏州之行

在每一个中国人的心里，大概都有一个"江南"情结，尤其是对于距离江南遥远的北方人来说。

"江南好，风景旧曾谙""若到江南赶上春，千万和春住"……

虽然没有去过江南，江南却早已从诗词中那一个个鲜活迷人的故事里显了形状有了色彩。

一提起江南，马上联想到的地方中，那个曾经唤作姑苏现在叫苏州的城市算是当仁不让的一个。

"古宫闲地少，水港小桥多"，到了拙政园，对于亭台楼阁轩榭廊舫才会多一点了解，才会明白东方园林的精妙除了形胜，更在于意胜。

山石之上小亭玲珑，人在亭中坐水在身边流，亭子可以纳凉可以观景，进一步可用沧浪清水濯缨，退一步可用沧浪浊水濯足，人生的最高境界莫过于可出可入收放自如。

苏州博物馆的白墙灰瓦，简约中流露着清丽，看见馆中那盈盈秋水中馆舍的倒影就想起了吴冠中笔下的江南。

据说狮子林里的石头都来自太湖，望着那些布满皱褶四处漏水身形精瘦八面透风的石头，再看看它们在玉鉴池里的倒影，又联想到它们都已在湖底沉睡了千万亿年，水底水中水上三个世界已杳然于面前。

行走在苏州的大街小巷里，我惊讶于几乎所有的建筑都是黑白灰三色，而且尽是低矮的小楼，虽然已经访过了拙政园、狮子林、苏州博物馆，还有留园沧浪亭，可是心里总觉得有些不甘，似乎现实中的苏州和来之前埋在心底的那个姑苏还是有一段距离。

因为时间的关系,山塘街最初并没有被我纳入游览之列,在逛完了那些主要的景点之后,还有点时间,于是就决定去七里山塘看看。

据说七里山塘是白居易为政姑苏时疏浚而成的,从"红尘中一二等富贵风流之地"——阊门一直延伸到虎丘。

当我坐在船上在山塘里一路向西,之前心里积存的不甘慢慢释然起来,等登上虎丘来到云岩寺塔前时,内心豁然清晰了。

尽管拙政园、留园,还有狮子林、苏州博物馆、沧浪亭是苏州乃至全国具有代表性的遗存名胜,而七里山塘在等级和名气上都略逊一筹,不过在我看来,前者是穴,后者是脉,如果把七里山塘比作一条龙,龙首就是虎丘,拙政园等名胜是龙的手足。

到了苏州,如果没有去过七里山塘,那么抵达的是期待中的苏州,只有游过了七里山塘之后,才会抵达内心深处的那个姑苏,才算真正到了江南。

2023 年 10 月 6 日

消逝的校园

在每个人的一生中,有两个地方会让人终生难忘,一个是离开后的故乡,另一个是毕业后的校园。

故乡,那是一个人出生长大的地方,离开后渐渐地会生出乡愁。

校园,对于那些毕业后的学子,尽管没有离开故乡那般多的离愁别绪,不过毕竟有几年青春美好的时光在那里度过,也会让人每每忆起时心绪难平。

我出生的那个年代,尽管人口出生率已开始下行,不过随着高考的恢复,校园数量又渐渐多了起来,尤其是在乡下。

我就读的小学原本就设在村子里,而且就在家门口,上学极为方便。

就读的初中和高中都是新建成不久,我们入学后的第一件大事便是参加校园拓荒,大家一起除草捡拾瓦砾,种花栽树,让荒凉的校园一点点有了生机,日渐兴盛起来。

二十世纪八十年代末,全国人口出生率再次略有升高后便一路大幅下滑,随之而来的是很多校园尤其是乡下的那些因为生源减少而逐渐荒废了。

在那些荒废的校园中,有小学,有初中,也有高中。

如今,我就读过的小学校园,早已荒废不用;初中校园,据说多年前已经被个体户租去养起了奶牛;高中校园听说已经转身成了一所职业中专。

最近一次返回故乡,我特意绕路去看了一下当年就读的高中,正是在那儿,我考上大学离开了故乡。

当抵达高中所在的那个镇子上时,我发现原本熟悉的一切全变了模样,无论怎么努力想凭着记忆去寻找那高中校园都已经无济于事了。

最后,我只好停下车来向那些看上去已是长者的人问路,因为年轻人估计见都没有见过当年我上过的高中。

几番打听后,我在一所小学门前停了下来,镇上的人告诉我眼前的这所学校就是当年我就读的高中所在。

放眼四周,已经没有任何参照物了,眼前的这个校园对我来说完全就是一个全新的校园,除了大致都处在同一个地理位置,和当年的那个高中校园已经没有丁点关系。

原本我还期待着当年爬上爬下的那座教学楼应该还在,当我隔着围栏向着校园里的几栋建筑仔细打量过后,终于失望地确信高中时那唯一的教学楼已经不见了踪影。

我有一丝悲哀地想到当年就读过的那个高中校园,除了还偶尔出现在为数不多的校友的记忆中,和它有关的一切全部消逝了,而且是永远地消逝了,多年以后,甚至都不再会有人记得它曾经存在过。

在那所小学门前我并没有作过多的停留,因为置身在那个地方,我感到自己已经是一个局外人,那里已经没有了任何与我相关的载体可以让我重温过去。

在我转身离开的那一刻,我倒是特别期望并祝愿眼前的这个校园能长长久久地存在下去。只有这样,那毕业后离开的学子,有朝一日才能重返校园,重温过去,一届又一届代代相传下去。

校园,只有拥有了历史才会生发出人文气息,才能更好地承载起教书育人的重担来。

2023 年 10 月 25 日

千斤顶

立冬过后,骤然冷了很多,最冷的时候,气温降到了冰点以下。

这一天,像往常一样去开车上班。发动起车子以后,突然发现显示轮胎气压的报警灯亮了,心里顿时一惊。

迅速查看了一下轮胎的压力值,四个轮胎气压都不足,其中有一个已经黄色预警,只有 180 帕。

那也得走啊!一边担忧着途中车子会不会抛锚,一边小心翼翼地放慢速度行驶着。

路上反复搜索着记忆,最终也没有想到就近有可以打气的地方,以前去过的维修点都有点远。

后备厢里面放着一个千斤顶,还是电动的,那也是发生过一次爆胎之后买来备用的。

记得也是个冬天,天已经黑了,刮着西北风,格外冷。车子在行驶的时候右前方突然传来一声闷响,赶紧停下车子查看,发现右前轮胎爆胎了。

赶紧从后备厢中翻出三角牌支在车后面,然后取出手动的千斤顶试着把车子倾斜的一角顶起来,可是那个千斤顶即便升得最高也够不着越野车的龙骨,无奈只好四处去寻找砖头石块以便垫在千斤顶下面。

可是偌大的街区,竟然遍寻不到一块砖块。最终顶着寒风走出去很远一段路,才如获至宝地发现一块砖头,取回后将千斤顶放在上面才勉强将车子干瘪的轮胎顶离地面。

那一次换轮胎的惨痛经历最终让我下定决心买了一个电动的千斤

顶,买回后简单看了一下,有点笨重,因为一直没有机会使用,就一直闲置在后备厢里面。

这一次轮胎气压不足又让我想起了后备厢里的那个千斤顶,隐隐约约地记得似乎也有打气的功能。

车子开到单位后,白天工作忙碌,给轮胎充气的事也就放下了,等下班后抱着侥幸的心理决定看看那个电动千斤顶是不是也可以给轮胎充充气。

我从后备厢里搬下千斤顶翻过来覆过去地观察了一会儿,在箱体的两侧发现有两个可以抠开的盖子,打开后发现一侧有几个不同规格的气门芯,看上去像是给篮球打气用的,希望陡然升高了不少。另一侧里面藏着一根不长的塑料管,试着和轮胎的气门芯连接了一下,刚好能扣在一起。

于是,我启动车子连上电源线,按了一下千斤顶的开关,随着一阵轰鸣声响起,感觉似乎有气体向着轮胎里面输送进去。可是刚刚惊喜了一小下子,随着千斤顶发出一声叹息样的声音,我刚才鼓起的那股子干劲突然停了下来。

在万分忐忑中,我又将千斤顶搬到另一个轮胎跟前,照样将千斤顶上的那根管子和干瘪轮胎的气门芯连接起来,启动开关,又是一阵轰鸣声,可是刚过了一小会儿,又是一阵叹息声响起,千斤顶又停了下来。

时间这么短,看上去轮胎并没有充足气啊!怎么只工作了这么一小会儿就罢工了呢!内心的困惑越来越大。

虽然眼前这个千斤顶看上去工作热情不高,在每一个轮胎面前只是工作了一小会儿就熄火,毕竟没有发生大的事故,我还是硬着头皮挨个给另外两个轮胎充了一下,至于是不是都充进去了或者是不是都充够了气,我心里并没有底。

记得如果轮胎充满气后,车子启动后预警灯就会自动消失。把千斤顶先挪到一边，开动车子在停车场绕了一大圈，遗憾的是胎压不足的预警灯依然亮着。

走下车来，绕到胎压最小的那个轮子跟前，抬起脚用力踩了几下，并没有看出和之前有多大区别。有点灰心但并没有死心的我，又拎着千斤顶挨个给轮胎充了一遍，无论如何也会起点作用的吧！

收起千斤顶，重新启动车子，一边控制着车速，一边琢磨着哪里有充气的地方，我想实在不行还是得抓紧找一个正规的地方给轮胎好好的充满气，不然轮胎就会受损了。

车子在行驶的过程中，我不时关注着那个让我坐立不安的胎压预警灯，一直亮着，亮着……大约行驶了一里路后，突然预警灯熄灭了。

那一刻，我长长舒了一口气，也明白过来，方才误会那个千斤顶了，人家分明一直都在好好工作，我却对它一直心存疑虑，将信将疑，这都是自己对千斤顶了解不够深入造成的啊！

我后来一想，其实类似的事情在工作生活中也不少，明明自己拥有很好的东西却不知道，或者即便知道有也不知道珍惜，反而一心想着向外求助，结果"众里寻他千百度。蓦然回首，那人却在灯火阑珊处"。

2023 年 11 月 16 日

第五辑　人生哲思

经验之谈

通常情况下,经验被用于指导人的行为,不管本人是有意还是无意,总是习惯性地用以往经验指导当下。

经验可以分为正面和反面。

一条路,第一次走时缺少经验,小心翼翼,下次再走时,因为有了第一次的经验而驾轻就熟,这便是正面的经验。

路上有一块石头,第一次因不熟悉路况被绊了一跤,第二次再路过此地时,便知绕开,如果有余力还可搬开后再前行,这便是反面的教训。

总体上说,一个人常常因经验较多而相对地获得优势,无论是工作中还是生活中,莫不如此。

经验丰富,就能够更好地把握事物的方向,较少地出现差错。

尽管经验可以让人避免很多无谓的错误,可是对于既往已形成的固化了的经验,需慎用,甚至要有敢于自我否定的勇气。

因为,经验并不总是以它应该有的样子出现。

经验使人自负。有过经验的人,会自发地伴生出自信,有的会过于自信,就会导致自负,居高临下久了,必然容易摔倒。

有的经验不是真经验,并不能从中总结提炼出精华,有可能是似是而非,似懂非懂的"假经验"。

经验还会使人因循守旧,因为瞻前顾后考量太多而故步自封,错失良机,有时反而不如毫无经验的"初生牛犊"。

经验还有可能发生畸变,有些经验是真正的经验,可是在日后却会因个人原因运用不当,反而犯了错误。

此外，经验只是彼时彼地适用于彼种情形，不一定适用于此时此地此种情形，所以我们必须灵活运用。

　　经验丰富固然是好事，可是倘若全依经验行事，遭遇挫折甚至失败也就并不遥远了。

2021 年 10 月 29 日

合作

合作,在社会中无处不在。人与人,团体与团体,都存在着合作。

合作,合在一起有作为。合也可以与做相伴,但合做仅仅是合在一起做事,与合作相比,层级要低。

有合有作,当然就有合而不作,也有合而不做。做与不做,作与不作,全在"和"。

合,人下有一口,合的目的,最初是混一口饭,即便放到现在,朴素地说也是混个饭碗。

和,也有一口,左是庄稼,右是一口,只有人与人"和",在一起合作,才能共同稼穑,满足口福。

"和",即你情我愿,倘若你不情我也不愿,即便在一起,也是勉为其难,最终相看两厌。

合而和,则合而做,合而作;合而不和,则难以合做,更遑论合作。

合作,可以看出人的格局,也可以从中看到未来。

合而和的人,必定胸怀锦绣,站得高望得远,行得稳健,不被一人一事所拘泥;合而不和的人,必定锱铢必较,所有精力放在计较批判与其合的人上。

懂得合作的人,一定清楚合作的目的所在,所作所为全然奔向那里,正如同滔滔江水东向大海,而不会舍本逐末忘记初心。

不懂合作的人,凡事总想别人与他合,不想自己与别人合。别人付出,他心安理得;自己付出,则不情不愿。

和不是目的,为了和而合,最终必然不合;和仅是手段,合才是目的,和而不同才能有合。

同,即一,毫无二致。

如果合而同,必然会是我是你,你也得是我,你得像我对待你一样对待我,因为我对待你就像对待我自己一样。事实上,每个个体都具有唯一性,不可能被人替代。

和而不同,即你是你,我是我,可以你中有我,我中有你,但我不是你,你也不是我。我不能要求你得像我对待你一样对待我,因为我不能像对待我自己一样对待你。

两相合作,若相互掣肘彼此拆台,最终力量消磨殆尽合而为零,甚至倒退;若能求同存异,彼此搭台,两者相合必定大于简单相加。

和而不同,才能有和;有和才能有合,继而有作,是为合作。

2021 年 10 月 30 日

世界的复杂性

没有人知道世界最初的样子,确切地说对于这件事情,大家至今还糊里糊涂,不然也就不会有"混沌"一说,有"元宇宙"一说。

有些事,尽管我们从正面不知道它到底是什么,但从反面可以知道它不是什么,好比评价一个人时,当拿不准他有多好时,经常说他倒是不坏。

世界也是如此,没有人敢说世界如此简单,但可以说它的另一面,也就是世界是复杂的,这样说比较安全,让人难以挑出错来。

复杂的世界是从人的世界观去评判的,也许从其他生物的角度去看世界未必复杂,一尾鱼的世界就是一个湖或一条溪,大不了是一大团水,大海。

对于一只鸟来说,世界就是可以落脚的树木,可以食用的谷物,当然还有赶紧躲避的天敌,还有一家儿女。

鱼和鸟,不会如我所属的人类一般还会拿出心思来去考虑世界的复杂性,考虑时间,考虑人情世故,考虑某一件事情的来龙去脉。

由此看来,当谈到世界的复杂性时,其根本原因是人本身的复杂性。正是有人的复杂性,才会有世界,才会有世界的复杂性。

当只有一个变量时,我们可以大胆地声明世界是简单的,当出现两个变量时,还可以讲世界的简单,不过已经有些勉强,当更多变量同时存在时,世界就无可救药地复杂了起来。

遗憾的是有数不胜数的变量,而且它们往往相互交织纠缠在一起,你中有我,我中有你,你影响我,我左右他,他也可以决定你。

于是可以说,一个人在世间的影响力取决于他抽丝剥茧的能力,在于他能否从一团乱麻中找到问题的本质。

有一部分人,也叫作聪明的人,早早地意识到了世界的复杂性,于是他们干脆不去较劲,他们会把世界的复杂性放在一边,从某一个点钻进去,去寻找那一小段属于自己的"丝"。

当然,也有些人明白世界是复杂的,是多面的,而自己很容易一叶障目盲人摸象,于是在做事情时总是尽可能想得周全,而不会莽撞行动。

世界是复杂的,更准确地说人类世界是复杂的。当抛开人类去谈世界时,人类之外的世界依然存在,可是那个世界复杂与否已经没有了意义。

2021 年 11 月 26 日

夜（一）

晚上，我站在窗前，望着窗外的夜。

面前的夜，我曾经很熟悉，看月亮，数星星，听虫鸣，还遥望过万家灯火。

一夜又一夜，我记不清看过多少个夜。

后来，夜慢慢走出了我的视野，不知过了多久，又走出了我的记忆。

在我的世界里，只剩下了白天，忙碌把它填得很满。

夜，被我弄丢了。

直到那个晚上，我又来到窗前。

曾经熟悉，后来又变得疏远陌生的夜又回到了我的身边。

尽管，窗外的夜只有点点星火，可已经足够了，那样的夜，已经太久没有走进过我的世界。

太平凡，太容易得到的，总是容易失去，而失去的，多数都回不来了，回来的都是机缘巧合。

比如，窗外的夜。

2022 年 1 月 12 日

夜（二）

夜，已经深了。

白天的喧嚣已经远去，在这安静下来的夜里，我又要独自面对着自己。

一个人客居在一家旅店里已经有一段日子了，这段时间体会最深的是除了工作的繁忙，便是如何度过一个人的时光。

曾几何时，我总是奢望着自己能够拥有一大段无人打扰的时光，自己可以随心所欲地去支配它。

睡个好觉，看一本书，或者什么也不做，只是彻底地放空自己，静静地待上一大会儿，所有这些都曾经不止一次出现在脑海里，却是那样的遥不可及。

可是，当这样的机缘真的就摆在面前的时候，才发现现实和原先的奢望之间横亘着一条巨大沟壑。

如果说想要一个悠闲的人忙碌起来是一件难事，那么让一个忙碌的人变得静下来会是一件更加困难的事。

看上去，平日里喧嚣的不是世界，而是自己的内心。

内心喧嚣惯了，想要让它安静下来谈何容易，那得需要拥有极其强大的意志，还要有坚韧不拔的执行力。

一夜一夜过去了，想要平和安静地面对自己却一直难以实现，这也让我意识到最难攀登的不是高山，最难抵达的也不是远方，而是内心那个一直在奔腾不息的世界。要想到达那个彼岸还有很长的路要走，而那个过程便是修行。

如此想来，一个人一生能走多远，并不在于他有多么忙碌，更在于他如何与自己相处。

夜，看似暗淡无光，却能照亮一个人的生命历程。

2022 年 2 月 12 日

时空密接者

由于工作上的关系,我有机会接触到了一个词语,叫作"同时空密接"。

乍一听到这个词语时,有一种陌生感,随即便因为新奇和它的高内涵性而对它产生了浓厚的兴趣。

这个词的本义原是指不同的人因为在同一个时间段同一个空间里出现过便有了密切的接触,原本毫不相干的人便产生了传染。

仅仅从狭义的角度去理解这个词语,便觉十分生动有趣,同时也有些后怕,设想一下一个人与另一个人从不相识也从未相遇过,却能对其造成重大而深远的影响,不可思议却真正发生。

倘若由此推广开去,将时间拖长些,将空间放大些,比如一个团体,一个单位,甚至是一座城,一个国家,一个世界,居于其间的人们彼此之间理应也能相互关联产生影响。

细想之后,更觉得合情合理,的确如此。

人与人之间看似是彼此孤立的,每一个人都在沿着自己规划的路兀自在世间行走,向着心中那个或明或暗或远或近的目标进发。

有时候,为了互不打扰,给他人更是给自己一份清静与安宁,人们更是刻意保持着距离拉长了见面的时间,以为就此会少一些干扰,甚至互不影响。

可是,那只是一厢情愿。即便是身在不同时代,不同地域,都有可能借助各种媒介,有时只是口口相传,便会受到影响,人是可以跨时间跨空间"感染"的。

也就是说，每一个人都有可能或多或少地受到另外一个人的影响，区别在于有的人是影响别人的人，而有的人是受别人影响的人。

细想之后，更让人不安的是一个人对另一个人的影响或者"感染"是在不知不觉中发生的。当人们还在为自己的独立自己的自主而沾沾自喜的时候，岂不知他人的影响已经神不知鬼不觉地悄悄改变了自己。

如此说来，每两个人及以上的团体，小至朋友伴侣，大至家国世界，无论大小，它的总体属性是基于居于其中的人相互影响的结果。

只要时间还在，只要空间还有，只要有思想的人类还在，每一个人都有可能是另一个人的时空密接者，因为任何一个人都不可能逃脱时空的束缚。

2022 年 3 月 28 日

人际关系的中间地带

人在与人交往时,由于不同的人秉性阅历人生背景等因素不同,使得彼此之间不可能完全契合。

契合的部分因情相近性相连会让人产生共鸣,拉近彼此距离,让人与人的关系更多些融洽。人与人之间的契合度因人而异,同一人与不同人之间亦难相同。

彼此之间无法契合的部分,就是矛盾产生的地方,如何处理好这些差异对人生走向的影响很大。

大部分作为社会属性的人其交往范围较大,会接触形色各异的很多人,在这诸多的人际关系中有一部分是具有相似性的,不仿将其定义为人际的中间地带。

中间地带,主要包括两个内涵:一是中间;二是地带。中间就意味着去两极化,太丑和太美都不易被人接受,都会对他人造成影响,都会让人心生抗拒。

但是,一个人总得要接受别人的某一部分,如果全部予以拒绝,其本人就很容易为所有他人或他人们排斥而日渐消亡。

因此,如果想延续生命,无论是机体生命、精神生命还是社会生命,个体都必须对他人有一定的容纳度,在契合之外容纳彼此差异。

另一个核心是地带。既然是地带说明不是单线的或很窄的范围,一定是有一定宽度一定纵深的区域。

在某一区域内彼此相互接纳,即便在这一区域里并不契合,但由于挑战性不大,可以允许存在。

中间地带的大小因人而异,过小与过大都不可取,过小会渐渐地自取灭亡,过大同样会因为少了原则而被他人忽视,有等同于无。

　　因此,正视这一人际的中间地带,并有意识地定义好其范围,并在人与人的相处中坚守好这一中间地带,很大程度上定义了一个人的人生广度和深度。

2022 年 4 月 27 日

讲清楚一件事情

人们每天都要说很多话,彼此之间借助语言进行交流沟通,应对着大大小小的事情,安排着人与人之间的关系。

通过交流,人们按照自己的预想处理了很多事情,得到了满意的结果,同时也有很多事情最终悬而未决,或者并没有按照自己的设想按部就班地把问题解决好。

很多时候,人们会很困惑,明明觉得是一件很简单的事情,理应会很顺利地解决,最终却陷入了一个个迷局之中,非但没有解决问题,反而引发了更多的问题。

阻碍事情得以解决的原因,除去那些刻意的阻挠以及大大小小的"阴阳谋"不谈,其实有一种现象既普遍存在又特别容易被忽略,那就是要想讲清楚一件事并不是很容易的事。

把一件事讲清楚,看似极其简单,不费吹灰之力,根本就无需特意当作一个问题提出来。可是,正是"讲清楚一件事"这一点对于很多人来说很难做到。

之所以讲清楚一件事很不容易,主要在三个方面存在难度:一是调查了解能力;二是组织概括能力;三是语言表达能力。

就调查了解而言,既要深入又要全面,绝非道听途说,人们在很多情况下不会去究根问底,经常想当然地相信某些似是而非的消息,从源头上就模糊了事情的本来面貌。

组织概括也是一种能力,可以随着阅历的加深不断地历练得以提升,总体上因人而异,能力强的会提纲挈领简明扼要,不会眉毛胡子一把抓；能力不济的会把一汪清水和一堆黄土变成一团稀泥。

叙事的最后一个阶段是语言表达。有的人讲起事来有条不紊思路清晰，也有的人是"茶壶里煮饺子，肚里有却吐不出"，事情照样讲不清楚。

倘若做不到讲清楚一件事情，人与人沟通时就会极其容易造成种种误解误会，最终陷入一地鸡毛之中，非但未能解决问题，反而会遭到问题反噬。

在向他人讲述事情时，人们经常会进入一种误区，想当然地觉得自己已经讲清楚了，也以为对方也清楚了，实际上对方却没有清楚，矛盾便由此而生。

讲述一件事情时，首先自己要确保把事情讲清楚，其次确认对方已经清楚了自己讲述的事情，这样的沟通才是有效的，才会事半而功倍，否则即便费尽周折，因未能聚焦问题，彼此处在不同的轨道之上，最终也难以达成共识。

因此，一个人首先要意识到讲清楚一件事情是一件很重要的事情，其次要不断地锻炼自己讲清楚一件事情的能力，只有这样才能更加有效地去解决问题，从而不断提升自我，让自己立于不被他人打败更不被自己打败之地。

2022 年 5 月 14 日

无用与有用

我们通常从实用的角度习惯上将事物分成无用的和有用的。

无用的因为无用,不为人重视;有用的因为有用,人们争相拥有。

其实,如果没有无用的,有用的也就成了无用的,有用的离开无用的就不存在。

通常,有用的难以得到,无用的却普遍存在。

有用的经常混在无用的中间,无用的虽然无用,可为了得到有用的,却绕不开无用的,人们不得不和无用的相处。

无用的也不全然无用,无用的在一个地方无用,在另一个地方可能有用;有用的在一个地方有用,在另一个地方可能无用。

有用还是无用也和时间有关,此时有用的彼时可能是无用的,此时无用的彼时可能成了有用的。

有用与无用也和人有关,在有的人眼里无用的,在他人那里可能是有用的,相反亦然,在有的人眼里有用的,在他人那里可能是无用的。

关于无用与有用,倘若非要站在功利的角度,人所能做的是尽可能变无用为有用;倘是站在非功利的角度,则尽可能将有用的视为无用的。

世界上原本无所谓有用与无用,无用即是有用,有用也是无用。

2022 年 5 月 15 日

长大

长大，乍一想是长大成人的意思，比如十八岁会让人觉得已经告别了年少无知的岁月，之后就已经长大了。

无论是从身体上还是心智上，人到了一定年龄都会给人一种长大的感觉，可是倘若就此认定十八岁就已经长大，心里总有种不踏实感。

长大，还会给人一种"成熟感"。人到了一定地步就成熟了，就像瓜果那样，再往后就不是熟而是老了，长大到了成熟这般田地，也就见顶了。

不论长大算不算成熟，但是在很多人的意识里，长大是一个未来完成时，而不是一个未来进行时，人到了某一个年龄就终止了固化了。

有些人倒也不是很忠实地认为自己已经长大了，而是拒绝长大，因为长大就意味着责任，责任就意味着付出，付出就意味着痛苦。

对于很多人来说，既不是有意拒绝长大，也不是认为已经长大，而是忘记了长大。

其实，长大，对任何一个人来说都是一辈子的事。

人一旦认为自己已经长大，今后不再需要"长大"了，在一定程度上就意味着他的发展与进步的终止。

因为，人不论在任何一个年龄，都有与之相对应的事情要做，没有一个中年人会觉得年轻时的自己可以应付当下，也没有一个老年人会觉得中年时的自己足以应付自己的晚景。

生命是单向的，只指向未来，谁也做不到在现在就把未来所有的事情都做了。只有不断地长大，才会把当下做好，只有把当下做好了，才有资格去谈拥有未来。

2022年5月22日

回忆童年

儿童节,孩子们都在以自己的方式度过,我虽然不是节日的"主人翁",每一年却也在这一天以自己的方式间接参与一下,比如走进回忆。

对于每一个成年人来说,尤其是大龄的成年人,那些遥远的回忆已渐渐演变成了一张不可触碰的网,既想回去,却又怕痛,打定主意要走进记忆之前,往往得先做一番心理建设,好让自己多一些免疫力。

对儿时的那些记忆,随着年月的延伸和记忆力的退化已经越来越淡薄了,很多细节已经从记忆里出走,再也不会回来了,只能约略地想起个大概,可即便是这些残存的记忆,也会让自己慨叹岁月流逝的无情。

在每一个人的潜意识里可能存在一个误区,只有当自己或同龄的人一起去怀念过去、怀念童年时才会引发一种难以言说的痛,或者说世间那么多人只有自己和同龄人的怀念才是最值得言说最值得所有的世人予以同情的。

事实上,每个人对过去的回忆都是独一无二的,只属于自己,童年的快乐与忧伤只有自己体会最深,所谓冷暖自知。

可叹的是,每个人自己的童年,在许久以后被忆起时的样子,也很有可能已经受到了岁月的侵蚀,和当时真实的样子相比,已经出现了一些失真,比如原先的痛减弱了,原先的苦变甜了,而原先的甜变苦了。

  我的童年已经很遥远了,在每一年绝大多数的日子里,因为忙于当下绝少去忆起,还好有一个儿童节,当孩子们都沉浸在自己的节日里时,我也会悄悄地溜回到我的童年一小会儿,还不轻易和别人提起。

2022 年 6 月 1 日

了解自己

人与人之间要互动,需要彼此了解,了解越深入,互动阻力越小,人生之路越顺畅。

通常,绝大多数人在绝大多数时间里所做的"对人的了解"是指别人,既包括朋友同事,也包括那些只闻其人却从未谋面的人,还包括亲人。

人们都习惯于关注别人,而较少投入一些精力和时间了解自己,其实人与人之间的了解,包括了人对"自己"的了解。

或许会有人反驳,总觉得每个人对于自己再熟悉不过了,还会有谁能比自己更了解自己的!

每个人自降生伊始,全然倚仗别人才能延续成长,在较长一段岁月里一点点了解别人和周遭世界,自己除了本能的生理需求并不具有了解自己的动机和能力。

长大以后,人具有了自我认知了解的能力,在与别人的互动中开始了解自己,不过,这种了解因人而异,不具有必然性,而且多数人浅尝辄止。

只要生活还能将就,很少有人会自发主动地去深入了解自己,因为了解自己就意味着有否定自我的可能,即便仅仅是可能,也会遇到抵触。

了解自己的确意味着否定,这种否定并不是厌世,并不是一时的对与错,而是对自我的一种理解。

每一个人,无论当时做的是对是错,倘若放在时光的天平上去衡量,过去的永远赢不了未来的,未来的自己永远觉得过去的自己是陌生的,有时甚至不可理喻。

人在天地万物之间,局限性与生俱来,既有物理空间的局限,与整个宇宙相比,人总是太渺小了,也有时间的局限性,留给个体的时间总是太短了,还有认识的局限性,人之学总是太少,而要学的又太多。

所以,人只能在一时的对与错之中或得意或低落,却很难真正了解自己。

难以了解自己除却先天局限性之外,还在于难度之大并不亚于对别人的了解。

尽管人具有一些恒定性,可是永远不要低估了人的可塑性,参与的变量太多,时间空间人物性格意志经历甚至意外等等,相互交织彼此拉扯,都在悄悄地改变一个人。

人对自己的了解总是滞后于自己的改变的,这也导致了人生中总是遗憾很多,于是又反过去觉得当时的自己难以理解。

尽管,无论从客观上还是主观上,自己都难以被自己了解,可并不等于就此就要放弃,不去了解自己就成了浑浑噩噩的行尸走肉。

人还是要努力地去了解自己,让自己的人生通达起来,人生之路才能越走越顺畅。

2022 年 6 月 21 日

今天

"今天",曾经出现在无数个人的话语中以及意念里。

"今天",曾经有过打算,有过奔走,有过奋笔疾书,有过汗流浃背,有过喜怒哀乐,悲欢离合。

每个"今天",无论过得充实还是空虚,当夜晚到来,今天就要过去时,其实大多数人是很少会再想一次"今天"的。

是的,"今天"很快就会成了"昨天",可人们在意的是"明天",甚至会隐隐地盼着明天快些来,好赶紧过另一个"今天"。

一到了今天,每个人就像上紧了发条的一部摩托车,身体永远不知疲倦,心里永远装着下一刻,把"今天"其实早已忘却。

当"今天"行将结束即将成为"昨天"时,估计很少有人会觉得有所遗憾,那种和光阴有关的遗憾。

"今天"的地位本不该如此的,是不该在忙碌紧张加上遗忘中度过的,原应带着倍加珍惜的心境,一分一秒地度过,能知道日出日落,月圆月缺,能感觉到时光在一点点流逝。

正是无数个"今天",一天一天,累积成了人的一生,每过去一个"今天",就永远少了一天,那一天一去不再回还,过去就过去了。

每个"今天"都是唯一的,都是那么的与众不同,谁也不应急慢,不应事不关己似的任凭它自由流去。

一定程度上甚至可以说,当"今天"过去已成为"昨天"后,每一个人都已经悄悄发生了一些改变,无论是躯体还是心灵,只是极难察觉而已。

今天过后,我已非我,你已非你,我们已都不是我们,世界已不是过去那个"今天"的世界了。

2022 年 6 月 24 日

寄语青春

我感觉自己似乎还没有写一份寄语的资格,总觉资历太浅,而且年龄也……

一提及年龄,刚刚感觉自己还属于青春一族,转念一想,不对!年纪其实真不小了,青春已经远去好久了。

这么一想,又多了些勇气,写一点也不为过,于是一边宽恕着自己,一边开始给正青春的人写一段寄语。

每年到了盛夏时节,对莘莘学子来说,刚好是毕业的季节,即将各奔东西,中学生们兴高采烈地盼着远方,大学生们拖着沉甸甸的行李,对校园恋恋不舍。

不管是将要入校的,还是即将走向社会的,未来几年如何度过,几乎能决定今后一生的走向。

既然能踏入大学校园,说明慧根不浅,而且也一定很勤勉地努力过,曾经挑灯夜读,曾经废寝忘食,甚至曾经按下青春的萌动。

都过去了!

不管曾经的成绩多么引以为傲,足以傲视群雄,也不管以往有多么自信,天下舍我其谁,都已不重要了。

因为,即将面对的已经不是过去十分熟悉的世界了,而是一个四面八方全然陌生的领域,能不能在这片新天地里开疆拓土,还得从头再来,从零起步。

恰恰就在这几年里,格局会发生翻天覆地的变化,所有的入局者重新洗牌,在这场剧变中,仅有少数人能勉强维持昔日的荣光,多数就此沉寂了。

尽管很难用不再努力了概括一切，可是的确很多人在爬上一个山峰后，就失去了眺望远方的雄心和毅力，已然看不到山外青山，接下来也只有下山一条路了。

当然，还有重要的一点和每个人的未来息息相关，那就是自我进取的要求和能力。中学时除了自己的努力，还背负着很多人的期待，有家人有师长有亲朋，还有同学间的攀比。上大学后，子女在父母眼里已然"成龙成凤"，而且彼此间因年龄见识上的差距渐渐抹平甚至"反超"，父母亲朋的约束渐行渐远，而师长更是成了一个遥远的存在。及至毕业后开始工作，多数都已奔向而立之年，从此以后便再也无人监管，自己成了自己真正的主人，而曾经的他人对自己不再有约束，还开始反向寻些人生之策。于是，人生的路越往后走，越能显现一个人的本色，越依赖于自我意识的深层觉醒和再出发。"自助者天自助，自弃者天弃之"。

人的一生中，父辈，祖辈，可以哺育你，可以教你做人，甚至可以拉一把再送上一程，可人生终究还是要靠自己的。

一个人倘若总想依赖他人才能成长，哪怕心里有一星半点的想法潜伏着，那么他也必将走过平庸而寂寞的一生。

每个人在一生中，都是一个孤独的行者。爬上一个山顶的时候，记得要极目远望，不要只顾着匆忙下山，而忽略了远方更美的风景。

2022年6月25日

浅思维

有个成语叫作"深思熟虑",意即反复深入地思考。但我以为这种情况不常见,人们很难做到事事深思熟虑。

在人类社会有种现象,越难以做到的越重视,越普遍存在的越不重视,可不代表越普遍的越不重要。

与深思熟虑相反的是"浅思",或者说"浅思维"。

兴许有人并没有意识到思维还有"深浅"之分,通常也不愿意接受这说法,都会想当然地认为自己的决定是已经深思过的。"浅思维",听上去有些浅薄,不够老成持重,和自己无关。

事实上,人们在做很多决定时都凭借"浅思维"来决定,只是在头脑里很快一过就定下来进入后续的步骤了。

之所以有"浅思维"存在,自有其道理,因为倘若事事都交给"深思维",则人的运行成本势必太大,人本身极易过快消耗而枯竭,这与人的存在相悖。

"浅思维"经济快捷,应付日常中很多事情已经足矣,当然并不能说"浅思维"作出的决策判断全部正确,正如不能要求"深思熟虑"全部正确一样。

"浅思维"是存在的,而且是一种普遍存在,这种存在有其合理性和必然性,基于此人们应该重视"浅思维"。

当然,"浅思维"的程度因人而异,有的多些,有的少些。

之所以要重视"浅思维",是因为很多人已经习惯了"浅思维"的便捷,拿来就用,不用劳心费力,这样的一个后果便是"深思熟虑"受到慢怠。

在人类社会还存在一种现象,凡是不用劳心费力的成果,持续性能都不太好。

把原本该"深思熟虑"的问题也习惯性地用"浅思维"解决之后,很有可能会引出麻烦,甚至出现天下大乱。

很多事是必须深思熟虑的,唯有深思熟虑后才有可能从广度和深度上把握得更全面,更到位,事情才能做得圆满。

浅思维,是一个中性定义,并无褒贬之分,并不等同于"思维浅"。如何使用好"浅思维",分辨好"浅"与"深"的关系并恰当运用,才会有结果的好与坏之别。

2022 年 6 月 27 日

中年

"耳里频闻故人死",白居易在他的《悲歌》中这样写道。梁实秋在《中年》一文中曾经引用过这句诗,用来说明人到中年后的兵荒马乱。

无论是白居易的诗,还是梁实秋的散文,一个人如果还没有抵达中年是很难理解其中的况味的,等到了中年经历过了桩桩件件后,迟早有一天会蓦然惊醒,环顾四周,自己的世界早已今非昔比。

每一个人对中年的认识并非一蹴而就,不是到了四五十岁就会自觉从过去转变过来,意识到人生已经迈入了一个全新的阶段。迈入中年是一个慢慢接受的过程。

中年的到来往往是从身体出现一些小恙开始的,轻者只是发现困意渐浓,爬楼梯时气喘吁吁,不再似以往那样脚步轻盈;稍重的,身体的一些精巧细微之处开始失灵,某些零部件开始和自己作对,原先只知道他人才会出现的病痛慢慢发生在自己身上;更严重的,身体突然出现了一些大病,成了医院的常客。

慢慢地,正如白居易那样,"频闻故人死",故去的人,有的与自己沾亲带故,有的非亲非故,有的或师或友,有的或长辈或领导。他们有一个共同特点,和自己同处一个世界,而且还很熟悉,他们的存在为自己的世界勾勒起了一个大致的轮廓。

对于中年人来说,每过上一些时间,或长或短,就会听到一个熟悉的人身体出现了重大状况或者突然离去的消息。之所以说是突然,是因为每个人都还在现世中围绕着事业和家庭没日没夜地忙碌着,对那些熟悉的人也只是偶然关注或者联系。

如果说，他人出现的意外偶尔出现几次你还会下意识地觉得是一种意外，可当"频闻"以后，才不得不接受一个事实，原来世界上还存在着"中年"这样一个"险象环生"的阶段，而自己也已经成了其中的一员。

伴随着故人的离去，自己原先熟悉的那个世界正在一点一点解体，周围的世界一点一点变得陌生，人一点一点变得孤独起来。世界的孤寂是和个人的觉醒分不开的，越是觉醒越是孤独，越是孤独世界就变得越发清晰。

每一次震惊之余，也会短暂地停下来去重新打量周遭的世界，世界依然真实如铁，仿佛不曾有任何改变，山河还在，星月依旧，可对于有些人来说已经再也不可触摸了，一个熟悉的人的离去所带来的隔世之感往往会重塑一个人的人生观和世界观，至少部分如此。

中年的世界是驾轻就熟，也是逆水行舟；是风光无限，也是沟壑万丈；是世界越来越大，也是世界越来越小；是谁都不愿意早点到来，却突然发现已然抵达。

对于中年人来说，虽然自己的世界正一点点受到岁月的侵蚀，可他们也正一点点重构起自己的精神世界，同时还有一个慰藉和寄托，正如白居易诗的后半部分所写："眼前唯觉少年多。"

2022 年 7 月 6 日

曾经熟悉的人

每个人在一生中会遇到很多人,其中有一些慢慢成了熟悉的人,甚至有一定交情的人。

人总是在向前发展变化的,年龄一直在变,生活的地方也可能在变,那些熟悉的人也在变,有的会渐渐离开了彼此生活的圈子。

当人们不再拥有共同的生活圈子后,交往可能就会越来越少,随之而来的经历也越来越不同,共同的语言也就越来越少。

熟悉的人渐行渐远,彼此慢慢变得生疏,最后有了陌生感,终于成了曾经熟悉的陌生人。

尽管成了熟悉的陌生人,可在记忆中仍存留着彼此当时熟悉的模样,有时候还会下意识地觉得对方还是当年的样子。

其实早已不是了。尽管走过的时间相同,可彼此拥有的岁月和经历不可能相同,而岁月和经历是人生的指纹,没有两个人的指纹会完全相同。

时间拉得越长,人生的模样变化就越大,虽说每一个人都很珍惜过去,都希望彼此还是曾经的样子,可是那只是一厢情愿。

有些曾经熟悉的人在分开之后如果机缘巧合还会见面,可是相当多的人一生中都不会见面了,尽管偶尔想起来时总觉得对方应该和自己一样还在这个世界上存在着。

每个人都被自己的生活固定住了,都已经熟悉和适应了当下人生的模样,熟悉了当下熟悉的人,而岁月也不会留给人们多少时间去把已陌生的人再熟悉起来,更何况还有地理上的鸿沟。

怀旧是人们共有的情愫,可那怀的是"旧",彼此会怀念过去共有的旧,旧的经历,旧的情怀,旧的岁月……

很多曾经熟悉的人,无论曾经多么熟悉,都各自行走在方向不同的人生道路上,走向了未来,或许再也没有了交集……

2022 年 7 月 22 日

湮灭的星星

偶尔看到一段科普文字，说我们看到的天上的那些星星，有些其实早已经不存在了，我们所看到的只是它们在湮灭时发出的光，只是因为距离我们太过遥远，那些光需要很久才能抵达我们的视线。

许久以来，一直以为我所看到的那些星星一直存在着，而且以后也还会一直存在，至少在我能够仰望星空的那些岁月里会一直如此。如果说有什么可以永恒，至少有天上的那些星星。

读完那段文字后，很快我就理解并相信了。我努力地去想象那些星星与我之间的距离有多远，可是却很苍白无力，我可以想象得出从地球的一端到另一端的距离，却无法想象那些星星距离我到底有多远。

事实上，当我相信所看到的一些星星早已不存在，我对时间的概念有了一些新的认识。长期以来，我们在意识中把时间分为了三段：过去现在和未来。总觉得每天忙忙碌碌的事情都和现在有关，正在发生着。

过去，是昨天，是以前，是历史，是"远古"，界限清晰；未来，是明天，是今后，是将来，是远景，也算泾渭分明。可是现在，对于所谓正在经历着的所见所闻所感，又将去向何方？

我想答案是肯定的。尽管人类的感知能力已经进化得很发达，能观能闻能嗅能听能感，可也只能算是大致地了解周遭。因为时间距离还有情感的缘故，有些我们原本以为还存在的，很有可能早已成了过去，事实上并不存在了。

比如那些陆陆续续走进我们生命中的人，有很多曾经相识相熟相亲相爱，后来因为人生的走向不同而分开各奔了东西。可即便如此，在我们的意识里,他们仍然一如既往地存在着,总觉得会在某年某月的某一天重逢,还会像以前一样相熟相亲相爱,大家还都是以前的模样。

可是,曾经相识过的人们啊,我们美好的想象会不会就是那浩瀚的夜空,我们会不会就是那夜空里的星星,有些依然真实存在着,而有的早已远去,只留下燃烧过的光还在空中闪烁!

2022 年 11 月 28 日

别自己

每个人的一生中会经历各种各样的离别,离开故乡和亲人的离别,学校毕业和同窗的离别,分手和恋人的离别……

每一场离别都充满着不舍伤心无奈,日后总会时时记起那些别离的人,怀念中含着伤感,憧憬着下一次重逢。

其实,世界上还有一种离别与众不同,那种离别没有不舍,甚至连伤心和无奈都很少,很少可不是没有,只是被下意识地藏了起来,或者说躲开了。

那种离别不是和亲人,不是和同窗,不是和朋友,也不是和恋人,而是和最熟悉的那个自己。

是的,每一个人终究会遇到一场和自己的离别,和以往的那个自己的离别。那种离别只有人生在行走了漫长的旅途抵达某个终点后才会发生,而且多数是猛然间发现。

那么多年里,原本一直以为世间只有一个自己,尽管也会察觉到时间在流逝,一年又一年,不过自己永远是自己,和以往一样的自己。

可是,那一天迟早还是要到来的,来得猝不及防,让你错愕不已。意识到已经和过去的自己离别往往是通过亲人同窗好友,还有那些与你关系密切或不密切的人。

如果说和他人的离别日后还会有重逢,重逢时会有喜悦,可是,离别后的两个自己却再也无法重逢,只能是彼此越走越远,越走越陌生,直至相忘于世间。

所以,面对那种离别,有的人会躲闪逃避,可躲避只能一时,最终还是要去面对,心中充满了忐忑。

那种离别是世间所有离别中最让人难以接受却又最无可奈何最终不得不接受的一种离别,也是想不在乎最终却痛彻心扉失落不已的一种离别,只能眼睁睁地看着那个自己远去却无力挽回。

年轻的时候,每个人都是满怀希望地去遇见未来的自己,愈走愈近;中年以后,每个人都是在无可奈何中和过去的自己离别,渐行渐远。

2023 年 2 月 1 日

不一样

随着见识的人越来越多,尤其是现代各种新媒介的全面普及促成的浅层人际关系的拉近,有一天突然惊觉,人与人大不一样。

尽管之前对于"人与人不一样"也有所认识,知道"千人千面",人与人之间有"云泥之别",不过彼时的认识缺少感性支撑,不够深刻。

从人的生活状态、人生际遇,甚至于从阶层的角度去打量,不同的人之间生命的样子会相差十分悬殊,尽管对于大多数人来说,每天都沉浸在自己的世界里,很少有闲暇去思考与他人的差异。

于是就会去想,那些不一样的人,如果单从生物学的角度去比较,最初并没有不同,大家都是站在相似的起点上,从咿呀学语和蹒跚学步开始,然后一天天生长,在后来的过程中,人与人慢慢变得不一样起来。

当然,从社会学的角度上去看,人与人的起点是不一样的,有的人起点高,而有的人起点低。不过,这也并不意味着高的越高低的越低,经由个人的努力付出,后来者居上的也大有人在。

在不一样的背后,如果仔细去探究原因,可能排着长长一串,比如家庭背景,比如后天努力,比如天赋因素,比如机遇巧合等等,每个人都大不相同。

可是不管起点、过程如何,当林林总总的结果以千奇百态呈现出来时,还是会让人唏嘘不已,这种生命样子的巨大差异或许是任何一个物种包括动植物界都不可比拟的,唯有在人的世界才会如此不同。

当然，在追求个性、越来越崇尚自由的现代，每个人的人生如何走过似乎与他人无关，还会一定程度上受到社会的默许甚至鼓励，不过但愿每个人都永愿不觉醒，一直沉睡在自己的世界里，不然就会有痛苦发生。

2023 年 5 月 17 日

疼痛传递的过程

每一个人一生中都会经历各种疼和痛,有肉体的疼,也有心理的痛。

无论是肉体的疼,还是心理的痛,人们都希望能有人明了自己正经历的疼痛,以为他人也能感同身受,自己经历多少,他人都能体会得到。

并不排除他人在了解了一个人的疼痛后,能体谅到当事者的那种疼痛,给予一些安慰,让正在疼痛中的人感到疼痛减弱几分。

可是,永远也不要期望他人能完完全全体验到自己正在经历的疼痛,因为那是不可能的,但这并不能责怪他人,况且每一个人都可能是他人。

一个人肉体的疼和心理的痛从本人传递到他人那里,又从他人那里反馈回来并没有想象中那么快,其间要经历至少四个过程。

首先,疼痛的人要将自己的疼与痛从自己的内部传递出去;其次,疼痛附着在语言等媒介上进入他人内部;再其次,疼痛的反馈从他人内部传递出来;最后,疼痛的反馈进入疼痛当事人的内部。其间每经历一个过程,疼痛的能量都会折损一些,所以一个人正在经历的疼和痛并不能原原本本地为他人所感知接收。

常说的感同身受其实只是一种美好的愿望,事实上是做不到的,也许只有他人也经历了同样的疼和痛后,两人之间才能找到共同的语言,即便如此,当时空交错后,疼痛能量的传递在人际间也会衰减。

所以,当一个人正经历一些疼和痛的时候,寄希望于他人能彻底理解自己既不现实也不可靠,更为可取的做法或许是自己默默地接纳和承受。

从他人的角度来说,当发现有人正经历疼痛时,不妨在正常的反馈上,再多一些体谅和宽慰,这样才不会让当事人失望,以更好地疗伤。

2023 年 6 月 25 日

相遇与告别

随着年龄增长,每个人的世界渐渐大了起来。

世界每大一点,人与人的相遇也跟着多一点。

有相遇,便会有告别。每一种相遇,都会有一种告别。

人生处处有相遇,人生时时有告别。

初时的亲人,幼时的玩伴,小时的同学,长大后的恋人、朋友、同事,还有那星辰大海、高山流水,相遇了,告别了。

相遇有长有短,短得惊鸿一瞥,长的不过一生;告别有长有短,短的往往不短,长的也许是永远。

在诸多相遇中,有一种相遇最不经意,当意识到时才发现相遇早已过去,只能在回忆里翻寻。

在无数的告别中,有一种最为在意,每一次的告别都是一场蜕变一场涅槃。

相遇有多美好,告别便有多苦涩。如果相遇没有美好,那是时光不够久远;如果告别没有苦涩,那是因为早已麻木。

相遇需要机缘,告别需要勇气。

愿天下每一个人都能和更美好的未来相遇,愿天下每一个人都有勇气潇洒地挥一挥手,告别过去。

2023 年 6 月 6 日

过往

步入中年以后，回忆逐渐多，其中与过去相关的事情也随之多了起来。

有时候会想起小时候的一些事情，想起故乡的点点滴滴，会参加同学的聚会，会感慨世事的变迁，会经历一桩一桩的变故。

那些和过去相关的经历，随着岁月的日渐加深，情感色彩也越发浓烈，那种想回回不去，想留留不住的无奈会伴随着一个人艰难地走下去。

有时会觉得那些发生在自己身上的事情好似是唯一的，甚至有一种只有自己才有那些经历似的，别人都没有，至少没有自己那样浓烈。

可是转念一想，不对啊，世间的每一个人，都会有自己的和过去相关的经历、感慨、领悟。

每一个人，都有属于他们的过往，每一个人，经历了岁月的变迁，都会和自己一样，把现在和过往不断地连接起来，里面有人，有事，有剪不断理还乱的种种情愫。

每个人都有自己的童年经历，都会在步入中年后，频频回去寻找自己小时候的样子。

每个人都有自己幼时的玩伴，有自己的同学，有自己当年的朋友，都会在中年开始后的某一个时刻，启动和以往关联过的人的相聚，相聚过后更加感慨，有时候希望再相聚，有时候又不想相聚了。

每个人都有，没有人会是例外。无论是男人，还是女人；无论是身边的人，还是远方的人；无论是中年人，还是老年人；无论是下里巴人，还是阳春白雪。

2023 年 6 月 8 日

且慢

有一天,一位朋友和我说,他多年的一个好朋友把自己从微信好友中删除了。

我问为什么?他说:"没有及时回复他发来的信息。"

"我也遇到过。"我苦笑了一下对他说。

对于那位朋友和我共有过的遭遇,在那次聊天后,引起了我的深思。

为什么有时候人们会把自己的好友从微信中删除?思来想去,隐约寻出了一些答案。

被人删除好友,在从前,那就是"断交",甚至属于更严重的"绝交"。现实中只有当一个人认为自己受到了严重的怠慢后才会采取这种相对极端的措施。

从发起删除行动的人的角度细想,怠慢并不仅仅是"没有回复信息",有时候"没有及时回复"也算是一种怠慢。

本来,我把你当朋友,现在想找你办点事情,你却没有回复我,或者不及时回复我,那还算什么朋友,既然不是朋友,保留微信也就没有了意义。

从被删除好友的人的角度想,有的人会感到委屈,没有回复并不代表不会回复啊;当然也不排除还有一种可能,就是真的不想回复,删了就删了吧。

其实,再往深了想,这种微信上朋友之间的断交行为,一定程度上反映了人与人交往中一种不对称的心态。

当一个人给另一个人安排事情的时候，会存在几种可能，一是只顾安排事情，不会想到对方的任何现状，想都没有想过；其次，知道对方也没有闲着，但还是要安排事情，不过并不需要对方能很快回应自己；还有一种，知道对方忙，还是要安排事情，而且希望对方很快回应。

以上的几种情形，第一种应该居多，每个人在希望从别人那里获得支持帮助时，往往更多的从自身出发，对自己最了解，至于别人，由于时空的距离了解程度必然远少于对自己的了解，既便最熟的人之间这种距离也会存在。

所以，结果可想而知，当信息发出前，高高的期望就已经在心底扎了根，发出之后那种想获得回复的期待更加强烈，随着时间推移还没有回复，失望开始慢慢滋生，时间愈久，失望越烈，终于在一个时间点，一时冲动就把对方删除了。

在删除好友之后，也许有的人会不再在意，全放下了，不过这种情形非得修行到极高的境界才能做到，可是真正道行高的人也就不会随便与朋友断交了。

也有的人在删除好友后不除外会遗憾或后悔，事后为一时的冲动不时在内心里惩罚自己，这种情形应该居多。

所以，在与人交往中如果没有及时收到对方反馈，不妨"让子弹多飞一会儿"，通过删除来断交，且慢！

2023 年 7 月 27 日

人生坐标

几何数学里有一个坐标系，上面有一个原点，距离的长短都是参照着那个原点得出的。

仔细想想，人生也有坐标系。每个人都有自己的坐标系，有的人意识到了，有的人意识不到，更多的人标错了坐标系。

起初，我们的世界里只有父母，我们世界的大小走不出父母的视线，父母就是我们的坐标，我们的起点。

后来渐渐长大，我们的世界走入了更多的人，每个人都有各自的坐标系，在那种芜杂的关系中我们不断调整着自己的坐标系。

在那些人中，有一种人渐渐在我们调整坐标的过程中占据了重要地位，就是那些厉害的人，那些能力强的人。

学业上厉害的，社会上厉害的，我们常常或明或暗地以那些人构建着自己的人生坐标，丈量着自己。

久而久之，以他人为原点构建自己的坐标已经成了习惯，成了一种可以不加思考一直沿袭下去的行为方式。

在那种坐标系里，与其说是还有自己的人生坐标，不如说是一直生活在他人的坐标系里，人生的长短由不得自己，也意识不到。

如果大胆一点，去推测，甚至很多人都是如此，一生都以别人为原点，不知不觉地过着日子，活在他人的坐标系里。

当然，也会有人意识到自己的一生不能总是以他人为出发点为原点，可是却无能为力，或者即便想修订一下自己的坐标系，因为要付出代价，瞻前顾后中，人生已匆匆而过。

最终，每个人都是活了一辈子，不过有的人的坐标一直没有标注在合适的位置上，人生看上去很长，其实很短。

当然，也有一部分人，乐观的估计是一小部分人，最终找准找对了属于自己的坐标系，从而最终走出他人的世界他人的坐标，实实在在地度过了一生。

2023 年 9 月 07 日

例外的错觉

不知道别人是不是也会和我一样一直有一种感觉：时间还在，岁月还在，以前遇到的那些人还在，时光会一直像当下这样徐徐流淌着，未来很遥远。

可是，有时候会猛然间意识到，那仅仅是一种错觉，一种远离了现实的错觉。

尽管时间还在，可是岁月不会守株待兔，之前的已经远去了，而且越走越远，遥远得已经无法触及。

以前的那些人，有些还在，有的可能已经不在了，那些不在的，有的自己已经知道，有些自己还不知道。即便是那些还在的，也已经不是以前的那些人了。

意识到这些的时候，内心里是有些慌乱的，为那种巨大的反差，为那种拉扯不住的无力感。正是因为这样的缘故，所以我们内心会一直保留着那种感觉，那种错觉，那样心灵上受到的伤会少一些，苦涩也会少一些。

与那种感觉相伴生的是一种例外感。似乎这个世界如果一分为二的话，我是一个世界，其他所有的人是另一个世界。

其他人的那个世界发生的一切，和我之间隔着千山万水，和自己无关，尤其是涉及生老病死的事情，都太远了。

可是，渐渐地明白，我也不会例外，我也会在被岁月侵蚀之后生出一些病痛来，也会慢慢老去，我也属于其他所有人所在的那个世界，岁月不会遗忘任何一个子民。

我想，那种错觉那种例外感之所以会有，是因为太阳每天都照常升起，而且看上去从未变化；月亮也照常"阴晴圆缺"，丝毫也没有拖延过；还有那城市，那村庄，那山，那河，都在。

既然都在，而且都看不出变化，所以我在，而且会一直都在，也就顺理成章了。

无论如何，总会有幡然醒悟的那一刻，总会明白在这个世界上，所有的人，所有的物，都留不住，这个世界上从来就没有例外。

2023 年 11 月 6 日

掰玉米摘麦穗

小时候就听过"熊瞎子"掰玉米的故事,熊掰下来一个玉米放在胳肢窝里夹着,再掰一个又往胳肢窝里放,结果抬起胳膊时前一个玉米就从胳肢窝里掉落了,就这样掰一个夹一个掉一个,最后只收获了一个玉米。

后来还听到过苏格拉底让学生摘麦穗的故事。一天,苏格拉底带着几个学生来到一块麦地旁,地里全是金灿灿沉甸甸的麦穗。

苏格拉底对学生们说:"你们去麦地里摘一个最大的麦穗,只许前进不许后退,我在麦地的那边等着你们。"

学生们听了苏格拉底的话,陆续走进了麦地。地里的麦穗全弯着腰低着头,看上去又大又沉。学生们一边走一边挑,每当看到更大的麦穗时,就会将手中的丢掉。

最后,他们走出麦地来到苏格拉底跟前,却发现手里的麦穗并不能让自己满意,甚至还不如之前丢掉的那些。

熊和苏格拉底学生的故事尽管有许多不同,有两个地方却是相似的,一个是两者都是一边走一边丢,不管是有意的还是无意的。第二个相似之处是,"熊瞎子"和苏格拉底的学生们都走过了一段路,经历过了一段时间。

一段路,一段时间,尽管这两个因素在两个故事里并没有特别刻画,却是我们想要读懂并真的理解故事里蕴含的道理不可或缺的。

路,就是人生之路;时间,就是岁月。只有那些已经走了很远的路,来到岁月深处的人,再读到这两则故事时,才会觉得自己越来越像那只

"熊瞎子",越来越是苏格拉底的那些门徒。

  谁不是一边走一边有意无意地丢呢！当我们越往后走,以为收获越多的时候,猛回头,才幡然醒悟,我们已经失去了很多。

2023 年 11 月 9 日

巧合背后的必然

一次去外地出差,住宿的地方偏郊区,开会的地方偏向市里。

办理完住宿后,我打了一辆网约车去市里,师傅很健谈,一路上聊起了风土人情天下大事,相谈甚欢。

到达市里后,作别师傅按既定行程参加会议。

会议结束后,又约网约车返回驻地。很快便约上一辆车,看了一下车号,似乎有点熟。

车子缓缓驶来,似曾相识,那车体颜色,那车牌尾号,好像遇到过。

打开车门,上了车,和司机四目相对,我惊讶地大声喊道:"这么巧!"

原来,从郊区到市里,和从市里回郊区,竟然是同一辆车,同一司机!

"太巧了吧!"

车上和健谈的司机又聊了起来,首先聊的便是机缘巧合,来和回都打的同一辆车。

司机说,你从郊区那里打车来市里,接单的大概率是郊区本地人,我就在那里住,所以接了你的单。现在这个时间点已经是傍晚了,你从市里去郊区,我也要从市里回家,因此一看到你的订单,我就立刻接了,而家在市里的司机通常都不乐意接单。

听罢师傅的分析,恍然大悟!

原来,每一个看似巧合的事件的背后,其实都有其内在的必然的逻辑。之所以我们还会惊讶,觉得是巧合,只是因为没有深入地看透事件的全貌而已啊!

2023 年 11 月 17 日